Kalt

Bibliografische Information der Deutschen Nationalbibliothek
Die Deutsche Nationalbibliothek verzeichnet diese Publikation in der Deutschen Nationalbibliografie; detaillierte bibliografische Daten sind im Internet über http://dnb.d-nb.de abrufbar.

MIX
Papier aus verantwortungsvollen Quellen
FSC® C083411
FSC
www.fsc.org

Text: Eric Berg
Textlektorat: Svenja Hoffmann
Umschlaggestaltung: Grafisches Atelier arsEdition
unter Verwendung von Bildmaterial von Thinkstock

ISBN 978-3-8458-1231-1

www.bloomoon-verlag.de

ERIC BERG

KALT

bloomoon

LAURA

Ich hab gleich gesagt, dass das eine scheiß Idee ist. Hab dagegen gestimmt. Aber auf mich hat ja keiner gehört. Also mal ehrlich, wenn man eine Klassenfahrt macht, dann um Spaß zu haben, nicht um irgendwo am Ende der Welt im Schlamm zu wühlen. Jeder, der noch nicht steinalt ist, wird mir recht geben. Aber meine tollen Klassenkameraden wollten ja unbedingt die Welt retten, und was dabei herausgekommen ist, sieht man jetzt. Ich hatte sofort ein schlechtes Gefühl, als ich hörte, wohin wir fahren und warum. So eine abgelegene Gegend. Da fährt man nicht hin. Ist einfach so. Da kann alles Mögliche passieren. Aber an das, was dann wirklich passiert ist, hab selbst ich nicht gedacht. Obwohl, so genau weiß man eigentlich noch gar nicht, was …? Oder?

Also gut, das alles fing an, als … Tja, wann fing es an? Mal überlegen. Eigentlich – für mich an dem Tag, als ich Leistungskurs Biologie gewählt habe. Oh Mann, die schlechteste Idee meines Lebens! Aber ich brauchte irgendeine Naturwissenschaft fürs

Abi, und in Mathe bin ich die absolute Versagerin. Ich finde ja, Mathe als *Natur*wissenschaft zu bezeichnen, gehört verboten. Etwas Unnatürlicheres als diese endlosen Zahlenreihen und Formeln kann ich mir überhaupt nicht vorstellen. Das ist so, als würde man auf die Packungen vom Scheiblettenkäse draufschreiben: »Direkt vom Bergbauern.« Blieben also Physik, Chemie und Biologie. Physik ist ja im Grunde nichts anderes als Mathe mit einem kräftigen Schuss Lebertran, sprich Albert Einstein. Schon wenn ich an die Relativitätstheorie denke, wird mir übel. Und Chemie … Können Sie sich mich in einem hässlichen weißen Kittel vorstellen? Außerdem krieg ich noch nicht einmal eine Pasta carbonara hin, wie sollte ich da Methylalkohol herstellen können. Bei Biologie dachte ich, das reiße ich schon irgendwie, auch wenn es da um so *furchtbar spannende* Sachen wie das Sexleben der Pinguine und den Stoffwechsel der Kakteen geht. Das kann man auswendig lernen. Hab ich dann auch getan.

Als uns dann Dr. Brechmittel eröffnete, dass er … Ist ja gut, also Dr. Brecht … Jedenfalls sollten wir im Rahmen unserer Abiturarbeit an einem internationalen Schülerprojekt teilnehmen, das einen großen praktischen Teil hatte, und es sollte im Rahmen einer Klassenfahrt erfolgen. Zur Auswahl standen die Themenkomplexe Küsten oder Moore. Im Falle von Küsten hätten wir eine Woche in einer deutschen Forschungsstation verbracht, die in der Ägäis den Einfluss des Klimawandels auf die küstennahen Gewässer untersuchte. Das hätte Tauchen bedeutet, lustige Fahrten im Schlauchboot, Baden, Spaß … Aber unser toller Leistungskurs stimmte in geheimer Abstimmung für Moore. Ich bin aus allen Wolken gefallen. *Moore*. Das hieß Dreck, Sumpf, Stechmücken, Kröten, Schlangen … Wegen Lernen fürs Abi war ich doch sowieso schon völlig isoliert. Drum hatte ich mich auf eine Klassenfahrt nach Barcelona, London oder Tel Aviv gefreut. Und plötzlich sollte ich irgendwohin fahren, wo es ungefähr so viele Menschen gibt wie Außerirdische. Da hätte ich lieber auf den Falklandinseln das Sexleben der Pinguine am lebenden Objekt studiert, das wäre lustiger gewesen.

»Patvinsuo«, sagte Dr. Brecht vor der Klasse.

Ich so: »Alles in Ordnung bei Ihnen, Dr. Brecht?«

Er: »Durchaus. Dorthin wird unsere Klassenfahrt gehen.«

Ich: »In den Kongo sollen wir fahren?«

Er: »Nein, Patvinsuo liegt in Europa. Ich gebe euch einen Tipp. Die nächste Stadt heißt Joensuu.«

Und ich so: »Das Geräusch mache ich immer, wenn ich kotze.«

Es stellte sich heraus, dass Patvinsuo ein Nationalpark in Finnland ist, wo man seitens der Europäischen Union die Wiederherstellung der bedrohten Moore fördert. Angeblich sind die nämlich für die Reduzierung der CO_2-Belastung der Luft wichtig. Und schon sind wir mitten im Chemieunterricht. Ich hasse das. Was gehen mich die finnischen Moore an? Ich kenne keinen einzigen Finnen, wieso sollten mich dann ihre Sumpflöcher interessieren? Und schlimmer noch, ich sollte dort *arbeiten*. Meine Eltern haben mich bestimmt nicht auf eine Privatschule geschickt, damit ich körperliche Arbeit verrichte. Da geht man hin, um genau *das* später zu vermeiden.

Was denn? Ist doch so.

Also weiter. Dieser Arbeitseinsatz für die finnische Luft, der sich propagandistisch Klassenfahrt nannte, wurde auf Mai gelegt, weil da – ich zitiere Dr. Brecht: »Die größte Kälte schon gewichen und die Mückenplage noch nicht ganz so groß ist.« Na toll! Die Mücken würden mich nicht ganz aussaugen, sondern mir das nötigste Blut zur Erhaltung meiner Körperfunktionen lassen. Und ich würde nicht erfrieren, sondern einfach nur ein bisschen so vor mich hin bibbern, weil man das im Mai ja supergerne so macht. Die konnten mich alle mal!

Ich also voll die Unlust. Hab natürlich mit meinen Eltern gesprochen, damit sie mich von der Sklavenarbeit im Sumpf befreien. War damals ja noch siebzehn. Die meinten, Finnland sei doch mal was erfrischend anderes. Ich hab ihnen geantwortet, dass es auch mal was erfrischend anderes wäre, wenn ich das nächste Mal, wenn sie weg sind, eine Riesenparty in ihrem Haus schmeißen würde. Daraufhin haben sie gegenüber der Schulleitung die Hochzeit einer nahen Verwandten auf Hawaii erfunden, bei der ich Blumen streuen müsste, und Simsalabim war das Thema für mich erledigt. Natürlich hab ich dann darauf bestanden, tatsächlich mit ihnen im Mai nach Hawaii zu fliegen …

Ich war kaum dort angekommen, da hab ich das erste Foto an Isabel verschickt, die am selben Tag in Helsinki landete: eine blaue Lagune, ein paar Palmen, ein Cocktail mit Schirmchen … Ich wollte sie halt ein bisschen neidisch machen, weil sie nicht so nachgiebige Eltern wie ich hat und in die Sümpfe fahren musste, obwohl sie das genauso wenig wollte wie ich. Sie hat mir dann gleich ein Foto zurückgeschickt. Darauf ein Typ, vielleicht vier, fünf Jahre älter als wir … Oh Mann, nicht zum Aushalten, der sah ja sooo heiß aus. Der totale Oberhammer. Ich hab Schnappatmung gekriegt. Isabel schrieb einen einzigen Satz dazu: DAS *ist unser finnischer Betreuer.* Ich dachte noch: Na, hoffentlich löscht sie die Nachricht sofort, weil Tarek doch manchmal in ihrem Handy schnüffelte, was sie so schreibt. Aber ich muss zugeben, Isabel hatte *mich* neidisch gemacht. Plötzlich fragte ich mich, ob ein paar Mückenstiche und etwas schweißtreibende Arbeit nicht ein akzeptabler Preis gewesen wären für so einen Eyecatcher. Er hätte mir sicher beibringen können, wie man sich die Kälte vom Leib hält …

Im Nachhinein bin ich natürlich froh, dass ich auf Hawaii war und nicht in Finnland. Wer weiß, ob ich sonst heute hier sitzen würde.

Für Franzi war diese Reise nach Finnland ein Abenteuer. Küsten und Berge kannte sie zur Genüge. Die Winterurlaube verbrachte sie, seit sie ein Kleinkind war, mit ihren Eltern und Geschwistern in den Alpen, den Pyrenäen, in Colorado und Kanada, die Sommerurlaube an allen möglichen Stränden der Welt. Sie hatte es nie jemandem gesagt, aber es langweilte sie ein bisschen, und sie freute sich schon darauf, irgendwann einmal mit dem Zug durch Indien oder mit dem Boot auf dem Amazonas zu fahren. Deswegen hatte sie in der geheimen Abstimmung für Moore gestimmt. Endlich mal etwas Neues erleben, nicht immer nur das Internat und die saubere, durchgestylte, überraschungsarme Welt ihrer Eltern. Geradezu ungeduldig hatte sie der Klassenfahrt, dem Biologieprojekt in Finnland, entgegengefiebert. Als der Flieger gen Helsinki abhob, war sie so aufgeregt gewesen wie lange nicht mehr.

Allerdings bekam davon keiner etwas mit. Nach außen blieb Franzi cool. Sie trug ihr Herz nicht gerade auf der Zunge, und ganz gleich ob es um wichtige oder unwichtige Dinge ging, hielt sie sich mit ihrer Meinung und mit Gefühlsregungen zurück. Die Klassenkameraden hatten sich schon längst darauf eingestellt und bezogen sie bei Diskussionen und Entscheidungen normalerweise nicht mehr mit ein, weil sie glaubten, dass es Franzi sowieso egal wäre. Aber wenn jemand sie um Rat oder Hilfe fragte, dann verweigerte Franzi sich nicht. So machte sie mit Laura zusammen die Hausaufgaben in den Fremdsprachen, aber nur, weil Laura damit alleine nicht zurechtkam und sich verzweifelt an sie gewandt hatte. Außerdem gab sie die Tennispartnerin für Isabel, weil Isabel sonst niemanden fand, der geeignet gewesen wäre. Ansonsten hielt Franzi sich jedoch im Hintergrund. Auf Menschen zuzugehen, sie um etwas zu bitten oder auch nur ihrerseits ein Gespräch mit ihnen anzufangen, fiel ihr schwer. Sie hatte immer das Gefühl, andere zu stören, zu belästigen, zu langweilen, kurz, das fünfte Rad am Wagen zu sein.

Genau das war ja das Tolle an dem Moorprojekt. Da ging es darum, etwas anzupacken, etwas *zu tun*, und dabei fühlte sie sich wohl. Vor allem, weil es für eine gute Sache war, auf die man anschließend stolz sein konnte. Da ging es auch nicht darum zu zeigen, wie toll man aussah oder welche Tricks man draufhatte. Franzi hatte sich zuvor im Internet informiert, was alles bei der Renaturierung eines Moors zu tun war: Strauchwerk ausbuddeln und entfernen, Gräben anlegen, Dämme aufschütten, Bachläufe umleiten, Zöglinge von Wasserpflanzen einsetzen … Keine Tätigkeiten, bei denen man besonders glänzen konnte. Vielleicht würde sie sich gerade deshalb in der finnischen Einöde den Mitschülern gegenüber endlich einmal gleichwertig fühlen.

Eines wunderte Franzi bei aller Freude dann aber doch, nämlich dass die Klasse mehrheitlich für die Moore gestimmt hatte. Schon seltsam, wenn man bedachte, wer die Stimmberechtigten waren. Während des Fluges ging sie im Geiste noch einmal die Klassenkameraden durch.

Isabel und Laura kamen jedenfalls nicht infrage. Isabel wollte nach dem Abi Sport studieren und interessierte sich viel mehr fürs Tauchen als fürs Arbeiten im Morast. Und Laura wollte Modedesignerin werden, betrachtete Schlamm und Schilf allenfalls als Farben, nie und nimmer als angemessene Aufenthaltsorte. Das war wohl auch der Grund für ihren vermeintlichen Einsatz als Blumenkind auf einer Hochzeit am Ende der Welt. Tarek, Isabels Freund, hätte wohl gerne vorgeführt, dass er stark genug war, um Bäume auszureißen, aber letztendlich ging es ihm doch immer nur darum, Spaß zu haben, und den hätte man in den finnischen Wäldern und Sümpfen eher weniger. Dasselbe galt für Robby, Tareks besten Freund, der immer alles gut oder schlecht fand, was auch Tarek gut oder schlecht fand. Manche nannten ihn hinter vorgehaltener Hand »The Shadow«.

Franzi fühlte plötzlich, dass jemand sie beobachtete. Und tatsächlich – als sie sich auf ihrem Fensterplatz diagonal umwandte, begegnete sie Marcs Blick. Er stand im Gang und strahlte sie an wie ein Weihnachtsgeschenk, beugte sich vor und machte einen Witz über Flugangst, über den sie nicht lachen konnte.

»Ist dir schlecht?«, fragte er.

»Nein, wieso?«

»Weil du so ernst guckst.«

»Wenn jedem mit einem ernsten Gesicht schlecht wäre ...«, begann sie, wurde aber von Marc unterbrochen.

»... würde mein Vater nicht in Immobilien, sondern in Kotztüten investieren.« Marc lachte sich über seinen Witz kaputt und versuchte, Franzi damit anzustecken, aber sie konnte sich nicht helfen, irgendwie fand sie ihn nicht komisch. Das ging ihr immer so mit Marc. Dabei blödelte er in einer Tour, vor allem, wenn sie in der Nähe war.

Im Grunde war Marc wie Tarek, nur nicht so muskulös und gut aussehend, und ein Herumblödler vor dem Herrn. Er wollte immer im Mittelpunkt stehen und Spaß haben. Kite-Surfen war sein Hobby, er hatte seinen Mitschülern schon tausend Fotos und Videos davon gezeigt, wie er in der Luft herumwirbelte. Marc hatte ganz bestimmt nicht für die Klassenfahrt ins Moor gestimmt.

Franzi blickte ihre Sitzreihe entlang. Es war kein Zufall, dass sie, Dörte, Lasse und Jana beieinandersaßen und die anderen ein paar Reihen dahinter. In der fünfzehnköpfigen Klasse und im kleineren Leistungskurs Biologie galten sie als die Außenseiter, wenn auch aus unterschiedlichen Gründen. Franzi eigentlich noch am wenigsten, weil sie den anderen sympathisch war und sich nicht ganz von ihnen absonderte. Mit Dörte war das völlig anders. Sie sprach wirklich sehr wenig, und wenn, dann nur mit den Lehrern sowie mit Franzi. Sie besaß noch nicht einmal ein Handy.

Waren sie Freundinnen? Ja, vielleicht waren sie das, aber so genau wusste Franzi das auch nicht. Oft machten sie zusammen Hausaufgaben, wobei Dörte immer in null Komma nichts mit allem fertig war. Sie war im Grunde keine Streberin, denn die Sachen flogen ihr einfach so zu, und dafür konnte sie ja schließlich nichts. Mathematische Gleichungen, die französische Grammatik, die textimmanente Analyse eines Dramas von Beckett – was auch immer, es fiel ihr leicht. Sie hatte eine Art fotografisches Gedächtnis. Allerdings hatte sie auch Asthma, was ihre ohnehin vorhandene Tendenz zur Isolation noch verstärkte. Von Dörte selbst wusste Franzi, dass sie ihren Stimmzettel ungültig gemacht hatte und plante, Lauras Beispiel zu folgen und die Klassenfahrt nicht mitzumachen. Weil sie achtzehn Jahre alt war, konnte sie das leicht durchziehen. Aber im letzten Moment hatte sie sich umentschieden, aus welchen Gründen auch immer.

Lasse wurde von den Jungs nicht respektiert, weil er in Sport eine Niete war, und wen die Jungs gering schätzten, der galt auch bei den Mädchen nicht viel. Franzi konnte ihn eigentlich gut leiden, rein instinktiv, aber obwohl sie ihn nun seit drei Jahren kannte, wusste sie fast nichts über ihn. Welche Interessen hatte er? Er war nicht bei Facebook und sprach auch sonst weder über sich noch über seine Familie. So eng mit den männlichen Schulkameraden zusammen und ohne Möglichkeit, sich von ihnen zurückzuziehen, würde es in der bevorstehenden Woche nicht leicht für ihn werden. Würde sich so jemand wirklich freiwillig in eine gottverlassene Gegend begeben, mehr noch, absichtlich dafür stimmen, dorthin zu kommen?

Und zu guter Letzt Jana – sie war ein Sonderfall. Keiner mochte sie. Sie wusste alles besser, war furchtbar neugierig und wollte überall mitreden, ein wahrer Senfautomat. Franzi war durchaus nicht immer einer Meinung mit ihren Mitschülern, sie war fair und versuchte, an jedem etwas zu finden, das sie mochte. Aber was Jana anging, hatte sie aufgegeben. Allerdings war Jana neben Franzi auch die Einzige, die ganz sicher für Moore gestimmt hatte, weil ihre Eltern, die beide Biologen waren, ihr dazu geraten hatten. Und Jana machte immer alles, wozu die Eltern ihr rieten.

Für was waren diese ganzen Grübeleien nun eigentlich gut? War es nicht egal, wer wofür gestimmt hatte? Vor allem, weil das Ergebnis ganz in Franzis Sinn war.

Aber irgendetwas störte Franzi daran. Sie konnte es sich selbst nicht erklären, es war nur so ein komisches Gefühl, im Grunde nicht wichtig. Aber trotzdem – selbst wenn Lasse ebenfalls für Moore gestimmt hätte, dann hätte es bei neun Stimmen drei zu fünf zugunsten der Küsten ausgehen müssen, denn Dörte hatte ihren Stimmzettel ungültig gemacht. Sie wunderte sich einfach. Tarek, Isabel, Laura und Robby quatschten viel miteinander, sie hätten also mitkriegen müssen, dass da irgendwas nicht ganz passte. Warum gab es dann keinen Protest? Warum hatte hinterher niemand verlangt, die Stimmzettel sehen zu dürfen?

Oder irrte Franzi sich? Schätzte sie ihre Mitschüler falsch ein? Hatten die echt alle für Moore gestimmt? Aber wieso? Das ergab irgendwie keinen Sinn. Es passte einfach nicht zu ihnen. Es sei denn …

Es sei denn, es gab etwas, das Franzi nicht wusste.

»Franziska! Franziska!«

Außer ihrer Großmutter war Franzis Englischlehrerin Mrs Greenwood die Einzige, die sie bei ihrem vollständigen Vornamen rief. Das war umso merkwürdiger, als Mrs Greenwood aus einem Land kam, in dem fast jeder Vorname auf seine drei Anfangsbuchstaben zusammenschmolz. Sie war Kanadierin, irgendwo zwischen vierzig und fünfzig, erinnerte in ihrer ganzen Art aber eher an eine steife, spätviktorianische Gouvernante. Schon dieser altmodische Haarknoten, eine Art Kuppelkirche auf dem Kopf … Und ihr Sinn für tadelloses Benehmen, das sie an der Privatschule im Nebenfach unterrichtete. Wenn es überhaupt etwas Humorvolles an ihr gab, dann war das ihre Verwendung der deutschen Sprache, in deren Wirrungen sie sich andauernd verhedderte.

»Franziska, ich habe eine Aufgabe für dich«, sagte sie, als sie am Flughafen von Helsinki auf ihre Koffer warteten. »Du bist die Alte.«

Franziska sah sie mit großen Augen an. Wenn hier jemand die Alte war, dann ja wohl Mrs Greenwood.

»Sind Sie sich da absolut sicher?«, fragte sie.

»Naturlich. Du bist die Alte – I'm sorry, ich wollte sagen, du bist die Alteste von den Schülern.«

»Ich dachte, Tarek.«

»Er ist drei Wochen junger als du. Außerdem bist du die Vernunftigste. Daher wirst du so etwas sein wie die Anfuhrerin, solange wir in Finnland sind. The leader, you know.«

»Ich? Nö, das will ich aber nicht.«

»Du willst nicht die Alteste und Vernunftigste sein?«

»Das auch nicht. Aber vor allem will ich nicht die Anführerin sein.«

»Es geht nur darum, dass jemand etwas im Auge hat, wenn Dr. Brecht und ich nichts im Auge haben. Du sollst sein die Erste unter Gleichen. Ein bisschen aufpassen, you know. Den anderen die Hand nehmen.«

»Die anderen an die Hand nehmen«, korrigierte Franzi ihre Lehrerin. Bockig zu werden, lag ihr eigentlich überhaupt nicht, meistens schluckte sie Ärger einfach runter. Die meisten Dinge erledigten sich ihrer Erfahrung nach sowieso von selbst. Aber sie hatte sich auf diese Klassenfahrt gefreut, und Verantwortung zu tragen, gehörte ganz bestimmt nicht zu den Dingen, die Freude machten. Dafür gab es Lehrer. Was sollte das überhaupt? Anführerin. Das war ganz bestimmt nicht Dr. Brechts Idee gewesen. Immer dachte die Greenwood sich solche Sachen aus. *Becoming an adult*, nannte sie das. Pech, dass man ausgerechnet sie als zweite Aufsichtsperson auf diese Klassenfahrt geschickt hatte. Ursprünglich sollte Frau Konrad, Wirtschaftslehre und Ökologie, diesen Part übernehmen, aber dann hatte man sie zwei Wochen vor der Abreise »von allen Aufgaben entbunden«, wie es offiziell hieß. Inoffiziell war durchgesickert, dass man eine angebrochene Flasche Wodka in ihrer Handtasche gefunden hatte. Aber Franzis Widerstand dauerte nur ein paar Sekunden. Sie konnte niemandem lange böse sein, gab letztendlich immer nach. Vielleicht war Mrs Greenwoods hohe Meinung von ihr auf gewisse Weise auch ein Lob. So jedenfalls versuchte Franzi sich das schönzureden.

Lange gelang ihr das nicht. Schon als der Koffer kam, wurde ihr übel, wenn sie daran dachte, wie Tarek, Marc, Isabel und die anderen reagieren würden, wenn sie hörten, dass Franzi in Abwesenheit der Lehrer das Kommando führen sollte. Die stille, liebe, unauffällige Franzi. Hoffentlich würde Mrs Greenwood sich nicht einfallen lassen, ihre Entscheidung zu begründen. Die Vernünftigste – oh mein Gott! Die Mitschüler würden sich kaputtlachen, ihre Witze reißen … Ein Albtraum. Der absolute Horror.

Sie würde einfach nichts tun. Keine Augen offen halten, sondern sie zumachen. Niemanden anführen. Sich so verhalten wie immer. Dann würden die Witze schnell aufhören. Nach ein, zwei Tagen wäre es ausgestanden. Was konnte schlimmstenfalls schon passieren? Dass Mrs Greenwood von ihr enttäuscht wäre? Dass man sie als Anführerin absetzte? Yippie!

Und dann passierte es wirklich. Als alle ihre Koffer hatten, scharten Dr. Brecht und die Greenwood die Schüler um sich herum, gaben ein paar Hinweise und sprachen Mahnungen aus und zum Schluss bestimmten sie Franzi ganz offiziell als ihre Vertretungsaufsicht.

Damit war sie nicht nur Anführerin, sondern auch Aufseherin. Gab es etwas Schlimmeres, als *das* zu sein? Franzi wäre am liebsten im Erdboden versunken.

Die Reaktionen waren natürlich genauso furchtbar, wie sie erwartet hatte, und reichten von Gelächter (Isabel, Robby, Marc) über neidische Blicke (Jana) bis zu cooler Ignoranz (Tarek, der demonstrativ an seinem Handy rumspielte). Nur Dörte und Lasse nahmen es mit einem wohlwollenden Schulterzucken zur Kenntnis, das verriet, dass von ihnen keine Schwierigkeiten zu erwarten waren.

Die Truppe aus acht Schülern und zwei Lehrern bewegte sich zum Ausgang, wo jemand mit einem großen Schild auf sie wartete. Er war ein paar Jahre älter als Franzi und ihre Mitschüler, aber noch keine fünfundzwanzig.

»Hallo, ich heiße Nooa«, sagte er in fließendem Deutsch und gab nacheinander jedem Einzelnen die Hand, wobei er einem für eine Sekunde tief in die Augen schaute. Danach erzählte er, dass er für die Dauer ihres Aufenthalts ihr Betreuer war, wo sie gleich hinfahren würden und wie das weitere Programm ablaufen sollte, aber Franzi bekam die Hälfte nicht mit und hatte die andere Hälfte nach fünf Minuten vergessen.

»Wie heißt er?«, fragte sie Dörte in dem Kleinbus, den der junge Finne steuerte.

»Nooa«, antwortete diese verwundert. »Das hat er zweimal gesagt, er hat es sogar buchstabiert. Hast du das nicht gehört?«

»Nein.«

Nooa hatte dunkle, fast schwarze Haare, schulterlang und ziemlich verwuschelt, und Franzi blickte während der Fahrt unentwegt auf seinen Hinterkopf. Nooas Locken tanzten im Fahrtwind. Mit welcher Ruhe er den Kleinbus durch Helsinkis Stadtverkehr steuerte, wie lässig er den Arm auf dem Fenster platzierte. Nebenher beantwortete er ein paar Fragen der Lehrer und lieferte Infos über die finnische Hauptstadt. Obwohl sein Deutsch nahezu makellos war und Franzi direkt hinter ihm saß, fiel es ihr ungeheuer schwer, sich auf das zu konzentrieren, was er sagte. Die ganze Zeit über hatte sie nur den einen Gedanken – ihm noch einmal in die Augen zu sehen.

»Der Direktor meiner Behörde wird das nachher bestimmt noch ausführlich tun, aber ich will Ihnen – und euch Jungs und Mädels ganz besonders – danken, dass ihr uns helft, unsere Moore wiederherzustellen. Das ist echt toll. Wir haben uns riesig gefreut, als wir die Nachricht bekamen.«

»Aber ich bitte Sie, die Freude ist ganz auf unserer Seite«, erwiderte Dr. Brecht gestelzt, wischte sich mit dem Stofftaschentuch die Stirn trocken und öffnete trotz der kühlen Luft das Beifahrerfenster, sodass ein ständiger kalter Luftzug durch das Auto brauste. Er war ein kleiner, schmächtiger, glatzköpfiger Mann in den Fünfzigern, mit dem man sich über wenig anderes als Biologie unterhalten konnte. Er war durch und durch harmlos. Das war auch der Grund, weshalb man ihm eine resolute Lehrerin als zweite Aufsicht an die Seite gestellt hatte. Mit Mrs Greenwood war weit weniger gut Kirschen essen, und es war klar, dass sie bei dieser Klassenfahrt die Hosen anhaben und ihr männlicher Kollege sich auf den fachlichen Bereich beschränken würde.

»Leider haben sich nicht viele Schulklassen auf unsere Europa-Ausschreibung hin beworben«, sagte Nooa. »Moore sind halt keine Publikumsmagneten. Die meisten Jugendlichen wollen lieber ans Meer oder in die Berge.«

Isabel, Tarek und Robby tauschten einen Blick, was Franzi überhaupt nur deswegen auffiel, weil sie sich für ein paar Sekunden von Nooas Hinterkopf losreißen konnte.

»Dein Deutsch ist super«, sagte Franzi plötzlich, woraufhin sie von Dörte verwundert gemustert wurde, so als prüfe sie, ob ein außerirdisches Wesen sich Franzis Körper bemächtigt hätte.

Ja, es stimmte, Komplimente verteilte sie sonst nie, weil sie einfach zu zurückhaltend war. Das Lob war ihr einfach so herausgerutscht, sie verstand es selbst nicht. »In Finnland ist Deutsch die bevorzugte zweite Fremdsprache«, erklärte Nooa. »Viele Finnen sprechen etwas Deutsch. Und vor zwei Jahren habe ich ein Semester in Hamburg studiert.«

»Biologie?«, fragte Dr. Brecht, bereit für den freudigen Sprung ins Fachsimpeln.

Nooa zögerte einen Moment. »Medizin«, antwortete er schließlich zu Dr. Brechts Enttäuschung.

Während der Stunde mit dem Direktor der finnischen Nationalparkbehörde holten fast alle Schüler ihre Handys hervor und schickten Bilder von den ersten Eindrücken an Freunde und Eltern. Der Vortrag über die Moore zog sich in die Länge und außer den Lehrern sowie Dörte und der ehrgeizigen Jana hörte keiner zu. Franzi sah eigentlich immer nur Nooa an, außer er sah zu ihr herüber, dann schaute sie schnell in eine andere Richtung oder senkte den Kopf.

Was soll das denn, fragte sie sich unentwegt. Erstens war Nooa bestimmt fünf Jahre älter als sie, das war nicht wenig.

Zweitens wäre sie in einer Woche sowieso schon wieder weg.

Drittens interessierte er sich nicht die Bohne für sie. Mit den meisten anderen Mädchen des Kurses konnte sie in Sachen Mode und Aussehen einfach nicht mithalten. Natürlich besaß sie angesagte Klamotten, aber die hatte sie in Deutschland gelassen, denn sie war ja zum Arbeiten in eine abgelegene Gegend gekommen, nicht zu einer Party, und außerdem kamen auch ihre angesagten Teile nicht an Isabels amerikanische Hotpants und Janas italienische Unikate heran. Und was ihr Aussehen anging, Franzi hatte leicht rötliche Haare, und die blöden Sommersprossen wollten einfach nicht weggehen. Wenn sie ihre Haare färbte, sah das noch dümmer aus. Dunkle Haare und Sommersprossen passen gar nicht zusammen und als Blondine gefiel sie sich nicht. Also hatte sie alles gelassen, wie es war, und nicht mehr darüber nachgedacht. Ihre Haut war auch viel zu hell, wurde fast gar nicht braun, wohingegen Isabel aussah, als hätte jemand einen Eimer Bronze über ihr ausgekippt. Überhaupt sah Isabel irgendwie älter aus, erwachsener … Das lag vielleicht auch daran, dass ihre Brüste größer waren.

Sie grübelte ja schon wieder. Das brachte nichts. Sie hatte doch gerade eben erst festgestellt, wie dumm es wäre, sich einzubilden, dass Nooa sich für sie interessieren könnte. Und selbst wenn, dann …

Die Gedankenmühle drehte sich von Neuem. Erstens, zweitens, drittens. Das war wie ein Albtraum, der sich immer wiederholte. Das Schlimmste daran war, dass es eigentlich noch ein viertens gab, dessen Franzi sich bewusst war, das aber mehr wehtat als die anderen drei Punkte.

Nooa wäre der Erste, seit sie sich mit fünfzehn einmal verliebt hatte und schwer enttäuscht worden war. Danach hatte sie ein halbes Jahr lang völlig verrücktgespielt und sogar darüber nachgedacht, das Rasiermesser ihres Vaters zu benutzen. Es war eine harte Zeit gewesen, nach der sie beschlossen hatte, dass sie von der Liebe erst mal die Finger lassen würde. Tatsächlich hatte sie sich seither in keinen Jungen mehr verknallt. Natürlich, es gab schon sehr hübsche und anziehende, aber letzten Endes fand sie an allen etwas auszusetzen, sie waren ihr zu großspurig, zu albern, zu egoistisch ...

Sie spürte einen Stoß in die Rippen. Dörte sah sie tadelnd an, alle anderen waren schon aufgestanden und verließen soeben das Zimmer.

»Wenn du die Chefin sein willst, solltest du ein bisschen weniger träumen«, sagte Dörte.

»Ich will aber gar nicht die Chefin sein.«

Als Letzte verließ Franzi den Vortragsraum. Auf der anderen Seite der Tür wartete Nooa, die Hände in den Hosentaschen und ein umwerfendes Lächeln auf den Lippen.

»Ich habe gehört, du bist so etwas wie die Chefin oder Sprecherin der Schülergruppe. Das finde ich toll.«

»Ja«, sagte sie. »Ich auch.«

»Dann solltest du unbedingt bei der Besprechung mit den Lehrern dabei sein. Es gibt ein paar Dinge, die ihr vorher noch erfahren müsst, bevor wir ins Lager aufbrechen.«

»Ja«, sagte sie. »Unbedingt.« Und fügte dann hinzu: »Toll.«

JANA

Ich war die Einzige, die normal geblieben ist auf diesem Trip. Die anderen haben doch völlig verrücktgespielt. Keiner ist mit dem nötigen Ernst an die Sache rangegangen. Das sollte ein Projekt zur Rettung der finnischen Moore werden und meine lieben Mitschüler haben von Anfang an ein Kasperletheater daraus gemacht. Tut mir leid, das so hart sagen zu müssen, weil das, was dann später passiert ist, nicht mehr viel mit Kasperle zu tun hatte. Aber in den ersten zwei Tagen habe ich das nun mal so empfunden. Um das Projekt hat sich da doch keiner geschert, jeder nur um sein eigenes Ego. Die Moore waren nur die Kulisse, anfangs für die Quatschkomödie und dann für das ganz große Drama.

Von Helsinki aus ging es mit dem Kleinbus nach Norden. Den hat Nooa gefahren. Um den wurde ein Riesentamtam gemacht, aber mich hat er völlig kaltgelassen. Isabel hat heimlich Fotos von ihm gemacht, als Tarek mal eingenickt ist, ich hab's genau gesehen, und Franzi hat ihn in einer Tour angestarrt, das war ja schon peinlich. Meine Güte, gut aussehende Kerle gibt es doch wie Sand am Meer. Okay, er war ja ganz nett, aber trotzdem, dieser Wirbel war überzogen.

Na, jedenfalls hat die Fahrt zum Nationalpark ein paar Stunden gedauert, und wir waren alle völlig gerädert, als wir endlich ankamen. Das Biwak oder wie man diese paar Blockhütten nennen will, lag am Rand des Nationalparks, am Ende einer eeeewiiigen Straße. Wobei man die letzten zwei Kilometer nicht mehr Straße nennen konnte. Das war ein schlammiger Waldweg mit jeder Menge Gestrüpp links und rechts. Einmal mussten wir aussteigen und schieben, um die Karre aus einem Schlagloch zu kriegen, und Isabel hat eine Ladung Dreck auf ihre kurzen Höschen und ihre zwei Meter langen Beine abbekommen. Geschah ihr ganz recht, was zog sie sich auch an, als ginge es um die Wahl zur Miss Oberfranken.

Die Hütten waren eigentlich ganz in Ordnung und viel luxuriöser, als ich gedacht hatte. Jede Hütte hatte drei Schlafzimmer, ein Bad mit allem Drum und Dran und einen Wohnraum mit kleiner Küche. Die Jungs bewohnten eine Hütte, wir Mädels eine andere. Ich teilte mir ein Zimmer mit Isabel, Dörte und Franzi wohnten im zweiten und Mrs Greenwood im dritten. Isabel war anstrengend. Sie hat vor dem Schlafengehen ihr volles Gymnastikprogramm durchgezogen und es war schon fast Mitternacht. Ich habe sie gefragt, ob ihr schon aufgefallen ist, dass wir nicht zu den Olympischen Spielen gefahren sind, aber sie hat einfach nur »Halt 's Maul, Jana« gesagt und den Quatsch weitergemacht.

Isabel war immer schon ein bisschen assimäßig drauf gewesen, aber seit sie mit Tarek zusammen war, machte sie einen echten Niveaulimbo. Immer schön runter. Noch ein Stückchen, noch ein Stückchen. Wenn man mich fragt, hätten sich Isabels Eltern das Schulgeld lieber gespart, um sich die fünfte Luxuskarosse in die Auffahrt zu stellen, das hätte mehr gebracht, und was Tarek anging, wäre der auf einer Haupt- oder Realschule viel besser aufgehoben gewesen. Ein Tattoo am anderen, lauter Ornamente, der sah aus wie eine wandelnde Moschee … Natürlich war er eine Niete in fast allen Fächern. Dafür hatte er jede Menge Muskeln und einen stinkreichen Vater, der aus mir unerfindlichen Gründen stolz auf seinen Sohn war. Tarek hat immer alles gekriegt, was er wollte. Nur im Biwak nicht. Da gab es einen Jeep, der in einer Garage aus Holz stand und den Tarek unbedingt mal fahren wollte, aber Nooa hat es ihm nicht erlaubt. Die Fresse von Tarek, als Nooa ihn abblitzen ließ, werde ich nie vergessen. Das war echt zum Schreien.

Vom Biwak aus hatten wir Blick auf eine weite Moorlandschaft. Die Renaturierung hatte bereits begonnen. Die Finnen hatten sehr viele Bäume gefällt, die Wurzeln ausgegraben und abtransportiert. Jetzt ging es darum, das Wasser langsam aufzustauen. In der Umgebung waren schon einige Anstauwehre gebaut worden, mit denen man den Wasserstand regulieren konnte. Unsere Aufgabe war, ein paar Dämme aufzuschichten und Sträucher herauszureißen, die nicht in ein Moor gehörten, um auf diese Weise eine erneute Bewaldung zu verhindern. Bäume sind der Tod der Sümpfe, vor allem Fichten und Birken. Das Moor, das wir vor uns hatten, war ein sogenanntes Strangmoor, das sich im Stadium eines Niedermoors befand und … Ah, okay, das ist jetzt wohl nicht so interessant, oder?

Für mich war es das. Ich fand die Landschaft einfach nur Wahnsinn – Wasser, Inseln aus Torfmoos, Weidensträucher, Libellen, Heidekraut und Gräser, über die eine Brise strich … Es war wunderschön. Und so still. Was mir als Erstes auffiel, war diese ungeheure Ruhe. Kein Auto, kein Hubschrauber. Fernseher gab es nicht und die Handys hatten keinen Empfang. Nirgendwo piepte irgendwas. Natürlich konnte man Musik hören, aber ich hörte lieber den Vögeln und dem Wind zu. Bin sehr früh am Morgen aufgestanden, war die Erste, mit Ausnahme von Nooa. Er räumte ein paar Gerätschaften aus dem Auto, und als er damit fertig war, kam er zu mir rüber, und ich fragte ihn, was Finnen so zum Frühstück essen. Er jagte mir einen gehörigen Schreck ein, als er aufzählte: Roggenbrot, Schweineschmalz, kalter Braten, Shrimps, Fischrogen, Hering … Ich muss wohl ziemlich entsetzt ausgesehen haben, wo ich doch sonst immer nur ein Marmeladenbrötchen esse. Fischrogen um sieben Uhr morgens – das brauche ich nicht unbedingt. Er lachte und sagte, dass die Finnen das tatsächlich frühstücken, er aber für uns alles besorgt hätte, was Deutsche so am Morgen mögen, natürlich auch Marmelade. Ich muss sagen, da hatte er dann tatsächlich einen Stein bei mir im Brett.

Und dann ging das Kasperletheater los. Dr. Brecht kam, und ich sah schon aus der Entfernung, dass etwas nicht stimmte. Er trug Baumwollshorts und ein T-Shirt, das Zeug, in dem er geschlafen hatte. Beinahe hätte ich losgelacht bei diesem Anblick, sonst sehe ich ihn ja immer nur im Anzug, gestriegelt und altbacken wie ein Arbeitspferd. Aber er sah so unglücklich aus, dass ich mich zusammenriss. Außerdem hatte ich keine Lust, es mir mit ihm zu verderben. Er wollte wissen, ob es irgendwo eine Waschmaschine gab. Jemand hatte doch tatsächlich eine Fuhre Schlamm in seinen Koffer geladen, logischerweise waren alle Klamotten total versifft. Ein ziemlich übler Streich, der noch übler wurde, da es keine Waschmaschine im Biwak gab. Uns allen war gesagt worden, dass wir genug Wäsche für eine ganze Woche mitnehmen sollten, und warum, das wurde mir in diesem Moment klar. Die einzige Möglichkeit für Dr. Brecht, seine Sachen sauber zu kriegen, war ein Bach, der am Lager vorbeiführte.

Ein Bach, also wirklich! Ich habe ja viel übrig für das Leben in der Natur, als künftige Biologin sollte ich das wohl auch. Aber Wäsche auf einen Stein klatschen, um sie sauber zu kriegen, das finde selbst ich too much.

Doch was blieb ihm übrig? Er konnte ja schlecht seine Schüler bitten, es für ihn zu tun, und Mrs Greenwood hätte ihm was gehustet.

»Soll ich ...«, bot ihm Nooa an, kam aber nicht weiter.

»Sie sind sehr freundlich, junger Mann, aber das kommt überhaupt nicht infrage.«

Er holte seinen Koffer und ging damit zum Bach.

»Sind solche Streiche bei euch üblich?«, fragte Nooa.

Waren sie eigentlich nicht. Okay, Dr. Brecht nimmt uns im Unterricht hart ran, es ist nicht leicht, gute Noten von ihm zu kriegen. Aber man lernt echt was und er ist immer fair.

Wer hatte ihm das angetan? Es musste jemand aus seiner Hütte gewesen sein, also einer der Jungs. Lasse war gar nicht der Typ dafür, und Marc alberte zwar viel herum, aber seine Streiche waren nicht so hardcoremäßig, er machte halt gern den Clown. Blieben Tarek und Robby. Ich tippte auf die beiden – und Dr. Brecht wohl auch.

Wie aufs Stichwort kamen sie aus der Hütte, und als sie Dr. Brecht sahen, wie er am Bach auf Knien seine Wäsche sauber rubbelte, lachten sie sich krumm. Er ließ sich nichts anmerken, machte in Ruhe weiter, aber ich kann mir vorstellen, dass es in ihm brodelte.

Wir bauten inzwischen das Frühstück auf einer langen Tafel in der Gemeinschaftshütte auf und nach und nach trudelten die anderen ein. Mrs Greenwood ging zum Bach, sie und Dr. Brecht unterhielten sich, und als sie zurückkam, war sie ziemlich geladen. Sie sagte kein Wort, aber ich merkte es an der Art, wie sie ihrem Frühstücksei den Kopf einschlug und dabei die Lippen zusammenpresste. Einmal sah sie während des Frühstücks kurz zu Tarek hinüber – wenn Blicke töten könnten.

Nooa brachte Dr. Brecht, der immer noch die Wäsche wusch, ein mit Hering belegtes Brot raus an den Bach. Die Geste war nett, aber wenn mir einer ein *Heringsbrot* bringen würde … Na ja, und dann erklärte Nooa uns, welche Arbeit vor uns lag. Ganz schön heftig. Ein Spaziergang würde das nicht werden, und alle stöhnten und seufzten, außer mir natürlich, Franzi und Mrs Greenwood. Die Greenwood würde ja nicht arbeiten müssen, sondern sich nur um das Drumherum kümmern, und Franzi hörte gar nicht richtig zu, war mit ihren Gedanken woanders. Was mich anging, war ich voll motiviert. Mein erster richtiger Einsatz als angehende Biologin. Die vollen Punkte für Bio-Leistung hatte ich schon fest in mein Abi eingeplant. Ich brauchte einen Schnitt von mindestens 1,5, und den würde ich auch kriegen, koste es, was es wolle. Mit einer 1,6 konnte ich meinen Eltern nie wieder unter die Augen treten, und zwei Jahre warten für einen Studienplatz ging ja gar nicht. Ich stand dann auch als Erste auf, klatschte in die Hände und fragte: »Wann geht's los?« Natürlich nannten ein paar meiner heiß geliebten Mitschüler mich gleich wieder eine Streberin, aber mal ehrlich, wenn man für eine Sache brennt, hat das nichts mit Strebern zu tun. Sonst wären die Chicks, die bei Castingshows mitmachen, ja auch alle Streberinnen. Aber nein, sobald es um Musik oder Modeln geht, ist Ehrgeiz voll in Ordnung, nur wenn es um Biologie, Physik, Literatur oder sonstige ernsthafte Dinge geht, wird man blöd angesehen.

Mir egal. Ich jedenfalls wollte mir von diesem Kindergarten nicht den Spaß verderben lassen, und ich wollte auch nicht zulassen, dass die mir bei meinem Abi-Schnitt in die Quere kommen. Voller Einsatz, volle Punktzahl. Das ist meine Devise.

Bis zum Mittagessen rupften wir Grünzeug aus dem schlammigen Boden. Nooa verteilte Kärtchen, auf denen die Pflanzen abgebildet waren, die wir drinlassen sollten, alles andere durfte raus. Natürlich packte er selbst mit an. Irgendwann stieß auch Dr. Brecht dazu, völlig fertig und verschwitzt vom Wäschewaschen. Sonst passierte eigentlich nichts.

Ach so … doch … Marc, der Clown, verließ den markierten Bereich, in dem wir uns bewegen sollten. Ich glaube, er spielte Franzi einen Streich, steckte ihr einen Lurch hinten ins T-Shirt, sie warf daraufhin irgendwelchen Mist nach ihm und stellte ihm nach. Er lief lachend querfeldein irgendwohin, bis Nooa hinter ihm herkam und ihn zusammenschiss. Ja, der liebe Nooa wurde richtig sauer. Er hatte uns vorher zehnmal erklärt, dass es gefährlich wäre, die mit weißen Pfählen markierten Areale im Moor zu verlassen, und Marc war mitten in ein rot markiertes Areal gelaufen. Eigentlich sah es harmlos aus, jedenfalls nicht anders als das übrige sumpfige Feld. Bis Nooa ein schweres Wurzelholz mitten ins rote Areal warf.

Zunächst klatschte es einfach nur auf den Boden, und Marc rief: »Na und? Was jetzt? Glaubst du, ich bin ein Püppchen? Das bisschen Schlamm an den Stiefeln macht mir nichts.«

Okay, ich weiß, das was er sagte, war gar nicht so schlimm, aber sein Tonfall war echt aggressiv. So hatte ich ihn noch nie reden hören. Vielleicht lag es daran, dass er sich von Nooa, der nur ein paar Jahre älter war als er, nichts sagen lassen wollte. Vielleicht mochte er Nooa auch einfach nicht. Jedenfalls zischte er ihn richtig an.

Aber dann blieb ihm sein Gekeife im Hals stecken. Das Wurzelholz versank nämlich langsam im Moor, bis nichts mehr davon zu sehen war. Das Ganze dauerte vielleicht zwei, drei Minuten. Eine Weile lang herrschte Grabesstille.

»Bei einem Tier oder einem Menschen geht das auch schon mal schneller«, beendete Nooa schließlich das Schweigen. »Wenn man Glück hat, lebt man noch eine ganze Stunde. Ist von Moorloch zu Moorloch verschieden. Ohne dass dir jemand zu Hilfe kommt, hast du keine Chance, Marc. Du steckst fest, als wäre es Zement, und dann ersäufst du langsam, Zentimeter für Zentimeter.«

Er wandte sich an uns alle. »Wenn ich euch etwas sage, dann nicht, um mich wichtigzumachen, sondern weil ich will, dass euch nichts passiert. Hier draußen kenne ich mich besser aus als ihr, sorry, das ist nun mal so. Ich bin verantwortlich für euch, das ist mein Job. Helft mir bitte, ihn gut zu machen.«

»Aber hier sind doch lauter Leute«, entgegnete Marc trotzig. »Mir wäre nichts passiert. Also blas dich nicht so auf.«

»Was ist so schlimm dabei, ein paar Regeln zu befolgen?«, fragte Nooa. »Auf dem Fußballplatz befolgst du die ja auch.«

»Das ist ganz was anderes«, meinte Marc.

»Richtig. Der Fußballplatz verschlingt dich nicht. Die Wildnis schon.«

»Wichtigtuer.«

Das war ungefähr der Wortwechsel zwischen den beiden, bis Franzi sich einmischte und Nooa recht gab – wie wir alle insgeheim auch, nur sprach es keiner aus. Natürlich hatte Marc unrecht. Auf hoher See wäre ja auch keiner auf die Idee gekommen, dem Kapitän oder Steuermann ins Handwerk zu pfuschen. Wozu hat man einen Scout, wenn man dann doch macht, was man will. Ich glaube, da war weniger Gehirn als Testosteron im Spiel. Von dem Moment an, als Franzi sich einmischte, gab Marc jedenfalls Ruhe. Der Wichtigtuer war wohl eher er gewesen.

Wir machten uns wieder an die Arbeit und der kleine Streit war schnell vergessen. Vorläufig jedenfalls.

Wenn ich jetzt allerdings so daran zurückdenke, fällt mir auf, dass dieser Vorfall so etwas war wie ein … Jetzt fällt mir das passende Wort nicht ein …

Ein Schatten.

Der Schatten der Zukunft.

Okay, das klingt vielleicht irgendwie melodramatisch. Wie aus einem Horror-Movie. Trotzdem, ich bleibe dabei. Der Schatten der Zukunft. Denn so viel von dem, was dann später passierte, kam darin vor: das Tier, das für einen Streich benutzt wurde, das Moor, das Verschwinden von etwas, der Streit, Franzis Parteinahme, was man von ihr sonst gar nicht kannte … Ach ja, und ganz nebenbei – aber das fällt mir erst jetzt auf – war es auch sehr ungewöhnlich, dass Dr. Brecht sich nicht einmischte. Er bekam den Vorfall mit – im Gegensatz zur Greenwood, die sich sonst wo herumtrieb –, aber er sagte keinen Ton. Es war, als wäre er gar nicht da. Und auch das passte zu den weiteren Ereignissen. Als Erstes tauchte das Tier wieder auf. Nicht dasselbe natürlich. Es war eine Blindschleiche. Sie lag in Tareks geschlossenem Koffer, und als er ihn nach dem Mittagessen öffnete, stieß er einen gellenden Schrei aus, wie ein Mädchen. Er hatte halt in seinem ganzen Leben noch keine Blindschleiche gesehen und hielt sie für eine Schlange. Kommt davon, wenn man von Bio keine Ahnung hat und sich immer nur in Großstädten rumtreibt. Laut fluchend rannte er aus seinem Zimmer und das ganze Biwak lief zusammen. Es war Dr. Brecht, der das harmlose Tierchen, das selbstverständlich zur Familie der Echsen gehört, aus dem Koffer holte und uns draußen zeigte.

Logischerweise war das Gelächter groß, und diesmal galt es Tarek. Einige, wie Marc, imitierten seinen Schrei. Andere, wie Dr. Brecht, begnügten sich mit einem feinen Lächeln, kaum sichtbar, aber voller Genugtuung. Uns allen war klar, dass die Blindschleiche sicherlich nicht von alleine in den mit Reißverschlüssen versehenen Koffer gehuscht war.

»Eins zu eins«, sagte jemand, ich hab vergessen, wer.

Es war das letzte Mal auf unserer Klassenfahrt, dass etwas passierte, was man noch Spiel nennen konnte.

Franzi traute ihren Ohren kaum. Dörte lachte. Wann hatte sie Dörte zum letzten Mal laut lachen gehört? Hatte sie sie überhaupt schon einmal lachen gehört? Franzi ging um die Hütte herum, und tatsächlich – da saß Dörte auf einem Baumstamm und unterhielt sich mit Nooa. Aus den paar Gesprächsfetzen, die Franzi verstehen konnte, zu schließen, waren es Finnen-Witze, die Dörte endlich mal aus der Reserve gelockt hatten. Sie war sonst überhaupt nicht für Witze zu haben. Irgendwie sah Dörte immer aus, als wäre kurz vorher ihr kleines Hündchen gestorben – das sie selbstverständlich gar nicht besaß. Dörte mochte keine Haustiere, so als lehne sie es ab, dass irgendjemand sie mögen könnte.

Und nun das. Ein gut gelauntes Mädchen, dessen Brille, Zopf und verklemmte Sitzhaltung nicht zu dem strahlenden Lächeln passten, gerade so, als wären da zwei völlig verschiedene Wesen in einem Körper vereint.

»Hier seid ihr«, sagte Franzi. »Wir suchen euch schon. Mrs Greenwood lässt dich fragen, Nooa, wann der Unterricht losgeht. Alle warten schon.«

Das Tagesprogramm sah vor, dass Nooa zwei Stunden lang über das Ökosystem Moor erzählen sollte, ganz anschaulich mithilfe von Pflanzen und Tieren.

»Das klingt eher nach einem Befehl als nach einer Frage«, sagte Nooa amüsiert.

»So ist Mrs Greenwood«, bestätigte Franzi. »Ich bin nur die Botin.«

Dörte hatte während des kurzen Gesprächs von Franzi und Nooa wieder ihr gewohnt reserviertes Gesicht aufgelegt, gerade so, als wäre es ihr überhaupt nicht recht, bei einem Lachen ertappt worden zu sein. Sie war wirklich speziell. Aber Franzi war ihr sprödes Verhalten gewöhnt, und das war ihr immer noch lieber als die eingebildete Art von Isabel und Laura, die sich für das Maß aller Dinge hielten, oder Janas Besserwisserei, die manchmal wirklich nicht zum Aushalten war.

Dörte stand auf und ging an Franzi vorbei. »Kommst du?«, fragte sie Franzi.«

»Gleich. Ich habe nur noch kurz etwas mit Nooa zu besprechen.«

»Mrs Greenwood wartet, hast du gesagt.«

»Es dauert nur eine Minute.«

»Wie du meinst. Aber Mrs Greenwood wird nicht begeistert sein.«

»Mrs Greenwood ist nie begeistert. Das kommt davon, wenn man Benehmen an einem deutschen Internat *in the middle of nowhere* unterrichtet.«

»Also, ich warte dann auf euch«, sagte Dörte.

Als Franzi mit Nooa allein war, sagte sie: »Du hast ein Wunder vollbracht! Dörte lacht. Es gibt Leute, die glauben, sie wäre ohne Lachmuskeln geboren.«

Nooa stand auf und spielte verlegen mit einem Stock herum. »Ach, mir ist nur aufgefallen, dass sie immer ein bisschen abseits von euch ist, irgendwie nicht richtig dazugehört. So was kann ich einfach nicht mit angucken. Da habe ich was versucht.«

»Was immer es war, es hat funktioniert.«

»Ich kann mich gut in sie hineinversetzen. Als ich in ihrem Alter war, ging es mir ähnlich.«

»*Dir*?«, rief Franzi überrascht. Wenn sie ihn so vor sich sah, mit diesen umwerfend süßen Grübchen und dem selbstsicheren Auftreten konnte sie nicht glauben, dass er mal ein Außenseiter gewesen sein könnte.

»Mir flog auch alles zu, genau wie Dörte. Eigentlich lernte ich nicht mehr als die anderen, aber ich schrieb eine gute Note nach der anderen. Manchmal strengte ich mich sogar an, eine schlechtere Note zu kriegen. Aber es half alles nichts. Meine Mitschüler sahen in mir nur den Streber. Das ist ein echter Fluch, sage ich dir.«

Franzi lächelte ihn an. Sollte sie es sagen? Oder wäre das schon zu viel Geflirte? Ein einfaches: *Ich finde toll, was du für Dörte tust.* Oder irgendwas in dieser Art.

Aber sie kriegte es nicht heraus. Es war, als würde es im Kehlkopf feststecken. Seit drei Jahren hatte sie keinem Jungen mehr ein Kompliment gemacht, seit der großen Enttäuschung.

Er sagte: »Also gut, dann lege ich mal mit der Lehrstunde los.«

Sie dachte: *Dumme Kuh, warum hast du nichts gesagt!*

Nooa gestaltete die zwei Stunden so lebendig, wie man Biologieunterricht nur halten konnte. Er hatte zu jeder Pflanze, jedem Tier und zu der Gegend, in der sie sich befanden, eine lustige Geschichte parat. Franzi und den anderen Schülern war es ganz egal, ob er immer die Wahrheit sagte oder auch mal flunkerte oder übertrieb. Sie amüsierten sich, wie es in den vergangenen Jahren mit Dr. Brecht noch nie vorgekommen war. Auch Dr. Brecht selbst schien es zu gefallen. Er lachte ordentlich mit, besonders als die Sprache auf die Blindschleiche kam, die in Finnland ihren nördlichsten Verbreitungspunkt hatte. Nooa machte eine Bemerkung, dass Tarek die Blindschleiche von ihnen allen sicherlich am besten kannte, aber er machte das auf eine so lockere Art, dass der sonst reizbare Tarek sich nicht bloßgestellt oder angegriffen fühlte. Dann sollte Tarek ein paar Minuten lang etwas über die besonderen Eigenschaften des Echsentierchens erzählen – das war von Nooa natürlich als Fake gedacht, und es wurde tatsächlich zu einer grandiosen Einlage, bei der sich alle krumm und schief lachten. Sogar Mrs Greenwood und Dörte verzogen ein paarmal den Mund zu einem flüchtigen Grinsen. Tarek saugte sich irgendwelches Zeug aus den Fingern und wurde am Ende des Vortrags heftig beklatscht. Das war er überhaupt nicht gewohnt. Tarek bezog den Respekt der Gleichaltrigen ansonsten über seine Sportlichkeit, seine Muskeln, sein dominantes Auftreten und vielleicht auch noch über die Tatsache, dass sein Vater der Inhaber eines großen, bekannten Touristikunternehmens war.

Gelernt hatten die Schüler in diesen fünf Minuten nichts, aber irgendwie war ihr Zusammenhalt gestärkt worden. Jeder spürte das, denn am Ende von Nooas Unterricht gingen sie alle zusammen zu einem nahe gelegenen kleinen See, um dort auf Nooas Vorschlag hin eine Stunde Freizeit zu verbringen, und zerfielen nicht in einzelne Gruppen, wie es sonst der Fall war. Sie hatten ein gemeinsames positives Erlebnis gehabt. Verglichen mit den Streitereien und Katastrophen, die wenige Stunden vorher passiert waren, kam es einem Wunder gleich, dass Nooa sie vereinen konnte.

Nooa und Franzi versprachen den Lehrern, die »Aufsicht« zu übernehmen, und so nahmen Dr. Brecht und Mrs Greenwood sich eine Weile frei. Als Nooa sich das T-Shirt über den Kopf zog und nur in Badehose einen Hechtsprung in den – ziemlich kalten – Teich machte, musste Franzi sich sehr zusammenreißen, um nicht in Schnappatmung zu verfallen. Und wieder schimpfte sie sich im Stillen selbst: *Dumme Kuh, warum hast du vorhin nichts gesagt.* Sie hatte ihn allein für sich gehabt und nichts daraus gemacht.

Und dann ging es von vorne los, dieses blöde Programm – du hast Sommersprossen, rote Haare, er ist zu alt, in einer Woche bist du in Deutschland zurück und er ist hier …

Nachdenklich stand sie am Ufer, sogar Dörte stapfte vor ihr

ins Wasser. Alle planschten herum, nur ihr war nicht danach zumute. Am liebsten wäre sie abgehauen.

Da kam Nooa auf sie zu. Er tat das, was viele Jungs machen, um die Aufmerksamkeit auf sich zu ziehen und ein Zeichen zu setzen. Er spritzte sie mit Wasser nass.

Und sie antwortete, wie es alle Mädchen tun, die es mögen, wenn der Richtige sie nass spritzt. Sie spritzte *ihn* nass – obwohl er ja schon ganz nass war.

Oh mein Gott, dachte sie. *Er ist es. Nach dem habe ich drei Jahre lang gesucht, oder besser, nicht gesucht. Und jetzt ist er da. Er ist da und planscht mit mir im Wasser herum!*

Eine halbe Stunde lang war Franzi der glücklichste Mensch auf dem Planeten, trotz des arschkalten Wassers. Dann musste sie dringend mal und sie verfluchte ihre verdammte Blase.

Eilig rannte sie über Torf und Laub zur Hütte zurück, und sie sah gerade noch, wie in der Ferne Dr. Brecht in seiner scheußlichen Safarijacke und mit einem Fernglas um den Hals in einem Waldstück verschwand. Nicht weit von ihm ging Lasse in die andere Richtung.

Was die wohl vorhatten?

Als Franzi um die Ecke bog, stieß sie geradewegs mit jemandem zusammen. Vor ihr stand ein zwei Meter großer Klotz von einem Mann, mit Bart und dunklen, unheimlichen Augen. Mürrisch blickte er auf sie herab – und sein Monster von einem Hund zu ihr herauf.

***

Vögel waren Dr. Brechts ganze Leidenschaft. Natürlich war er als promovierter Biologe in allen Facetten seiner Naturwissenschaft bewandert, aber Vögel hatten es ihm besonders angetan, und er liebte sie alle vom Kondor bis zum Kolibri. Seine Frau trieb er damit regelmäßig in den Wahnsinn, weil er zum Beispiel um vier Uhr in der Früh aufstand und in den Wald marschierte oder weil man mit ihm keinen Ausflug machen konnte, ohne dass er plötzlich alles und jeden stehen ließ, um im Gestrüpp unterzutauchen und eine Stunde lang fortzubleiben. Bei einem Piepmatz vergaß er die Zeit völlig.

Da er zum ersten Mal in einem skandinavischen Land war, hatte er sich vor der Reise über die Vogelwelt informiert, die er vorfinden würde. Er hoffte, den Goldregenpfeifer zu entdecken, der die nördlichen Moorlandschaften bevölkerte, sowie das Birkhuhn. Vielleicht auch den Laubsänger. Und mit sehr viel Glück auch den Singschwan, den finnischen Nationalvogel. Eine Schneeeule vielleicht? Ja, wenn er bis zur Dämmerung blieb …

Der Pfad zu einer Beobachtungsstation war ausgeschildert. Das Symbol war ein Fernglas in einem Kasten, es fand sich alle fünfzig Meter auf einem Baumstamm. Nicht zu verfehlen.

Was für eine herrliche Landschaft, schwärmte er im Stillen. Lichter Kiefernwald, Unmengen von Heidelbeersträuchern, hier und da eine Lilie oder ein Sonnentau, ein vorüberflatternder Schmetterling, der Schrei eines Habichts, der Duft von Moos und Erde … Die Sonne war hinter einem weißlichen Schleier verborgen und über dem Moor am Ende des Waldes lag ein gedämpftes, ja geisterhaftes Leuchten.

Und da war auch schon die Beobachtungsstation – ein hölzerner Kasten von ungefähr zwei mal zwei Metern auf einem Podest. Sie war gut zwischen Weidenbüschen verborgen. Innen sehr schlicht. Es gab lediglich zwei Hochstühle, die gerade so groß gebaut waren, dass ein Mensch mittlerer Größe durch die Schlitze in den Vorder- und Seitenfronten schauen konnte.

Dr. Brecht zögerte, den Verschlag zu betreten, nachdem er die Tür entriegelt und geöffnet hatte. Mehr als zwei Menschen hatten darin keinen Platz. Er hatte sich eine solche Station größer vorgestellt, doch war sie nicht für ein breites Publikum, sondern für Wissenschaftler gebaut worden.

Hartmut Brecht zog sein Stofftaschentuch aus der Hose und tupfte sich damit Stirn und Wangen ab. Dann öffnete er das Hemd, das den ganzen Tag über bis oben geschlossen gewesen war, um zwei Knöpfe.

Es dauerte gewiss eine Minute, bevor er einen Fuß in das Innere des Verschlags setzte. Der andere Fuß blieb vorerst draußen. Eine bequeme Position war das nicht. Doch es war, als wäre der hintere Fuß auf den Holzplanken wie festgeschraubt.

Wenn man ihn so sehen könnte ... Aber es befand sich niemand in der Nähe.

Gestern, im Kleinbus auf der Fahrt durch Helsinki, hatte er schon einmal einen solchen Anfall gehabt. All diese vielen Menschen auf so engem Raum. Nur das geöffnete Fenster hatte ihn davor bewahrt, an der nächsten Ampel die Tür aufzureißen und auf die Straße zu stürmen. Das hätte noch gefehlt, sich vor seinen Schülern und der Greenwood lächerlich zu machen. Seine Kollegin wartete doch nur darauf, sich als diejenige zu präsentieren, die alles gemanagt hatte, und ihn als kleinen Versager, schlimmer noch, als Last hinzustellen. Ausgerechnet diese staubtrockene, hundert Jahre zu spät geborene, humorlose Rechenmaschine hatte man ihm an die Seite gestellt.

Reiß dich zusammen, mahnte sich Dr. Brecht, und dann zählte er bis drei und hievte den rechten Fuß ins Innere des Verschlags, als handele es sich um eine zentnerschwere Last.

Es dauerte noch eine Weile, bis er sich an die Enge in der Beobachtungsstation gewöhnte, aber weil er die Tür offen stehen ließ, gelang es ihm schließlich einigermaßen, sich zu entspannen. Wichtiger noch war, dass plötzlich der Gesang des Goldregenpfeifers über dem Moor erklang. Nichts weiter als ein eintöniges, trauriges »Tüüüt«, doch für ihn die schönste Musik in seinen Ohren.

Das Fernglas in Händen, spähte er durch den Sehschlitz und erblickte schließlich den graubraun gemusterten Vogel. Das Männchen führte gerade einen wilden Singtanz über seinem Brutgebiet aus.

Dr. Brecht vergaß wie üblich die Zeit und auch, dass er eine Armbanduhr trug, die sie ihm hätte anzeigen können. Als der Goldregenpfeifer verschwand, tauchte eine Zwergschnepfe auf, dann ein Sumpfläufer. Das geisterhafte Leuchten wich einer gräulichen Dämmerung, und je grauer es wurde, desto stiller wurde es.

Urplötzlich wurde diese Stille von einem lauten Knall unterbrochen und ein Luftzug fegte in Dr. Brechts Nacken. Dr. Brecht zuckte zusammen, und als er sich umblickte, sah er, dass die Tür zugefallen war.

Augenblicklich schnürte sich seine Kehle leicht zu, als wäre er in einem heißen, stickigen Raum.

Aber es war ja eigentlich nichts passiert. Er würde nur die Tür wieder öffnen, und schon …

Sie ließ sich aber nicht öffnen. Klemmte sie? Nein, unmöglich. Und der Riegel konnte auch nicht einfach so zugefallen sein, es war einer zum Schieben, der schob sich doch nicht von selbst zu.

»Aufmachen«, rief er. »Sofort aufmachen.«

Eine Sekunde verstrich, fünf Sekunden, zehn … Nichts tat sich. Und in diesem Moment erst realisierte Dr. Brecht, was das bedeutete.

Er war eingesperrt. Er war in einem *engen Raum* eingesperrt.

Die Angst sickerte binnen weniger Augenblicke von seinem Kopf ins Herz, und von dort verteilte sie sich schubweise im ganzen Körper, wie ein Gift – in die Beine, die zu zittern anfingen, die Arme, die sich um die Schultern schlangen, den Unterleib, der sich vor Übelkeit zusammenzog, die Lungen, die plötzlich wie durch eine dicke Decke den Atem einsaugen mussten.

»Aufmachen«, schrie er noch einmal. Jemand würde ihn hören, irgendjemand *musste* ihn hören. Wie weit hatte er sich vom Biwak entfernt? Zehn Minuten Fußmarsch? Es konnten auch zwanzig oder dreißig gewesen sein, so genau wusste er das nicht mehr, er war in Gedanken schon bei den Vögeln gewesen.

Oder gar noch länger? Vierzig Minuten?

»Tarek? Tarek, mach die Tür auf, und ich schwöre, das wird kein Nachspiel für dich haben. Aber mach sofort die Tür auf. Tarek? Tarek!«

Dieser elende Dreckskerl! Dieser Nichtsnutz! Dieser Orang-Utan! Kam in seinem Biologieunterricht nicht mit, bekam selbstverständlich keinen Sonderbonus von ihm und rächte sich, indem er ihm Schlamm in den Koffer schaufelte. Nun gut, die Blindschleiche war Dr. Brechts Revanche gewesen, aber doch ein relativ humorvoller und harmloser Streich verglichen mit … mit *diesem*.

In Dr. Brechts Ohren rauschte es und vor seinen Augen bildeten sich schwarze Punkte. Waren das Tränen, die ihm übers Kinn liefen?

Er trat gegen die Tür, rannte gegen die Wände des Verschlags. Vergeblich, die Station war massiv gebaut.

»Verflucht! Hört mich denn keiner? Hilfe! Hiiilfe!«

Er bekam keine Luft mehr. Es war, als zöge sich langsam eine Schlinge um seinen Hals zusammen, und er konnte keinen anderen Gedanken mehr fassen, als dass er da verdammt noch mal rausmusste.

Wie ein Besessener trat er gegen die Planken, rammte sie mit den Schultern, schließlich mit dem Kopf. Die Welt um ihn herum drehte sich, sie wurde eiskalt, und Dunkelheit senkte sich über ihn.

FRIA

Arttu Rinne … Ja, über den gibt's jede Menge zu erzählen. Meine Oma sagt, der ist von einem Wolf gezeugt worden und eine Hure hat ihn zur Welt gebracht. Na ja, zumindest Letzteres stimmt wohl. Er kommt aus Maukkula, dem gleichen Örtchen, in dem auch ich geboren wurde, nur halt zwanzig Jahre später. Stellt euch riesige Wälder vor, dazwischen Wasser, Sumpf, Auen, ein paar Wiesen – und dann Maukkula. Alle dort kennen sich, wissen alles voneinander, und wenn sie das Gefühl haben, nicht alles zu wissen, geht bald ein Gerücht um. In einem solchen Dorf gibt es nur drei Möglichkeiten, sich die Zeit zu vertreiben – man feiert miteinander, man tratscht übereinander oder man kämpft gegeneinander. Wir machen das abwechselnd und irgendwie geht es gut. Die Zeit schleicht trotzdem vor sich hin.

Arttu Rinnes Mutter hat das angeblich nicht mehr ausgehalten. Sie war zwanzig, als sie nach Joensuu ging, auch nicht gerade der Nabel der Welt, aber immerhin. Zwei Jahre später kam sie mit dickem Bauch zurück und alle zerrissen sich das Maul. Mal war ein angesehener Bürger von Joensuu der Vater, mal ein

Handelsvertreter, mal ein Wolf oder so was. Man weiß es einfach nicht. Aber so, wie sich das Fräulein Rinne aufführte, sich anzog und schminkte, lieferte sie Stoff für alle Spekulationen.

Sie zog wieder bei ihren Eltern ein, und die kümmerten sich um den Enkel. Arttus Mutter machte keinen Finger krumm. Im Sommer sah man sie oft leicht bekleidet auf dem Dorfplatz herumlungern, wo sich auch die alten Männer trafen, und machte ihnen dort den Mund wässrig. Im Winter setzte sie sich schon morgens in die Kneipe, wo sich ebenfalls die alten Männer am Stammtisch trafen, und trank am Nebentisch Wodka. Alle älteren Frauen von Maukkula hassten Arttus Mutter, und ein wenig davon fiel ungerechterweise auch auf ihn ab. Ich sage *ungerechterweise*, weil er da ja noch ein kleiner Junge war, der keinem was getan hatte.

Ich habe ihn erst viel später kennengelernt, als ich halt ein kleines Mädchen war, und da war er schon über zwanzig Jahre alt. Er lebte noch immer bei den Großeltern und seiner Mutter, am Rand des Dorfes, und man sah ihn nur, wenn er Einkäufe erledigte. Dabei hat er fast nichts geredet. Ein Ja, ein Nein, und fertig. Nicht mal Hallo und Tschüs hat er gesagt. Arbeiten gegangen ist er nie. Schon seltsam, woher das Geld kam für den Lebensunterhalt.

Mein Schulweg führte am Haus seiner Großeltern vorbei, da sah ich ihn manchmal, wie er Holz hackte, den Rasen mähte und so. Zu der Zeit sah er gar nicht mal schlecht aus, ziemlich muskulös, ein Kasten von einem Mann, und das mit dreißig Jahren. Ganz selten sah ich ihn mit seiner Mutter zusammen. Okay, meine Eltern können schon auch mal echte Kotzbrocken sein und ich bin wahrscheinlich auch nicht immer einfach, aber wie *die beiden* miteinander umgingen … Sie sah ihn immer an, als wäre er etwas, das man nach langer Zeit im Kühlschrank wiederfindet und sofort wegwirft. Und dass er sie überhaupt als seine Mutter akzeptierte, merkte man nur daran, dass er sie »Mama« rief – aber in einem Tonfall, als würde er »Du kannst mich mal« sagen. Ich weiß nicht, wie ich es erklären soll, aber dieses Haus machte mir Angst. Wenn ich daran vorbeiging, lief es mir regelmäßig kalt den Rücken runter.

Die echten Probleme begannen ein paar Jahre später. Ein Mann, der sich mit Arttus Großeltern im Streit um eine Grundstücksgrenze befunden hatte, kam nicht mehr von der Elchjagd nach Hause. Man suchte ihn tagelang und fand ihn in einem zehn Kilometer entfernten Waldstück – erfroren, mit gebrochenem Bein. Das Handy, das ihn vielleicht hätte retten können, trug er nicht bei sich und zu Hause fand man es auch nicht. Drei Monate später trieb eine ältere Frau, die Arttus Mutter vorher eine Hure genannt hatte, als Wasserleiche in einem See. Und dann starb ein ehemaliger Mitschüler von ihm, der ihn in der Schule immer gepiesackt hatte, bei einem grausigen Unfall. Er geriet beim Bretterschneiden in seine Kreissäge, man fand ihn mit gespaltenem Schädel, weiß der Himmel, wie das passieren konnte.

Man konnte Arttu nie etwas nachweisen. Aber klar, dass die Leute plötzlich Angst vor ihm hatten. Jeder, der ihm oder seinen Verwandten mal auf den Fuß getreten war, fürchtete, dass es ihm wie den drei anderen ergehen würde. Und das waren so gut wie alle im Dorf. Auch ich selbst ging nicht mehr allein aus dem Haus, denn ich hatte Jahre zuvor, als kleines Mädchen, mal einen Schneeball an Arttus Haustür geworfen. Weiß auch nicht, was mich da geritten hatte, jedenfalls ging die Tür genau in dem Moment auf und der Schneeball traf ihn am Knie. Ein blöder Zufall, kaum der Rede wert. Und trotzdem, ich wusste ja nicht, was im Hirn dieses Typen vor sich ging. In Albträumen sah ich mich an einem Galgen im Wald baumeln.

Die Angst der Leute schlug in Hass um. Sie machten Arttu und seiner Familie das Leben zur Hölle. Seine Scheune brannte ab, sein Hund wurde erschlagen, im tiefsten Winter flogen Steine durch seine Fenster … Ich hatte viel zu viel Schiss, um *irgendetwas* gegen ihn zu unternehmen, aber ich gebe zu, dass ich wahnsinnig erleichtert war, als Arttu aufgab und das Dorf verließ.

Leider ging er nicht sehr weit weg. Bald hörten wir, dass er für den Nationalpark Patvinsuo als Aufseher arbeitete, eine Art Ranger, der sich um alles kümmerte. Dort lebte er in einer einsamen Hütte mitten im Wald. Ein Hund war seine einzige Gesellschaft. Das jedenfalls erzählte man sich.

Ich sah ihn danach nur noch ein Mal, als nämlich seine Großeltern kurz hintereinander starben. Er kam zur Beerdigung, und was soll ich sagen, er sah furchtbar aus. Seine großen schwarzen Augen, das wilde Haar, die buschigen Augenbrauen – er hatte etwas von einem Tier an sich, einem Raubtier. Seine eigene Mutter spuckte ihm vor die Füße. Sie war ständig besoffen und starb bald nach ihren Eltern. Zu ihrer Beerdigung kam er nicht.

Wir hörten nichts mehr von ihm. Bis diese schreckliche Sache in Patvinsuo passierte.

»Er hat kein Wort gesagt, und sein Hund hat mich angesehen, als wäre ich das lang ersehnte Abendessen«, erzählte Franzi atemlos, als sie zu Nooa und den anderen an den See zurückgekehrt war. »Das Vieh heißt Satan. So jedenfalls hat er dieses Kalb von einem Hund gerufen – aber erst, nachdem er es bei mir vergessen hat. Eine Minute lang hat Satan mich beschnüffelt und angeknurrt. Und jetzt sag bloß nicht, er wollte nur spielen. Ich wäre fast gestorben.«

»Ja, das war Arttu«, bestätigte Nooa. »Er wohnt eine halbe Stunde von hier in einer Hütte. Mit dem müssen wir wohl oder übel auskommen. Er hat die Oberaufsicht.«

»Über uns?«

»Nicht direkt. Über diesen Teil des Nationalparks. Vermutlich wollte er nur mal nach dem Rechten sehen.«

»Er hatte ein Gewehr bei sich.«

»Natürlich. Das gehört zu seinem Job. Du brauchst dir keine Sorgen machen.«

Franzi hatte noch nie einen so riesigen, düster dreinblickenden Mann gesehen, mit Händen, die King Kong gehören könnten. Und dem gab man auch noch ein Gewehr, nicht zu glauben. Ja, vielleicht wäre er der Richtige gewesen, um die Kronjuwelen zu bewachen oder der Bodyguard von Madonna zu sein, aber doch bitte schön nicht eine Art Ferienlager zu beaufsichtigen.

»Du versteht dich hoffentlich gut mit ihm?«, fragte Franzi.

»Wie man es nimmt.«

Das klang ja nicht gerade überzeugend.

Sie hätte sich vermutlich noch eine ganze Stunde lang Gedanken über den Riesen mit dem Höllenhund gemacht, wenn Nooa sie nicht mit beiden Armen hochgehoben und ins Wasser geworfen hätte.

Der Badespaß begann von Neuem.

Zwei Stunden lang hatten alle frei. Am Abend machte Nooa ein Lagerfeuer und verteilte Brot, Spieße, Paprika und Würste. Den meisten wäre eine Fertigpizza aus dem Ofen vermutlich lieber gewesen, aber irgendwie war es dann doch ganz nett, im Kreis zusammenzusitzen, an selbst gegrillten Würsten zu knabbern und Bier zu trinken. Mrs Greenwood erlaubte zwei Flaschen pro Person – natürlich nur für die Achtzehnjährigen. Nooa gelang es jedoch irgendwie, unbemerkt Bier in einige Limonadenflaschen umzufüllen, sodass am Ende alle ihren Spaß hatten. Nach den Schwierigkeiten, mit denen der Tag begonnen hatte, war es ein versöhnlicher Abschluss.

»Ich verstehe nicht, wo Mr Brecht bleibt«, sagte Mrs Greenwood. »Er weiß doch, dass wir uns heute grillen. Ist doch kein Grund wegzurennen, oder?«

»Nein, wer findet es nicht toll, gegrillt zu werden«, scherzte Tarek und Isabel und Robby kicherten.

»Eben.«

In Finnland waren die Tage im Mai bereits lang. Die Sonne versank nur sehr langsam in einer flachen Linie über den Wipfeln der Bäume. Das Essen und das Bier waren bereits verputzt, als es endlich dunkel wurde.

Und noch immer war Dr. Brecht nicht zurückgekehrt.

»Ich gehe ihn suchen«, sagte Nooa. »Wer kommt mit? Wir haben fünf Taschenlampen zur Verfügung.«

Franzi, Mrs Greenwood, Marc und Jana machten sich zusammen mit Nooa auf die Suche, beginnend von der Stelle aus, wo Franzi den Lehrer in den Wald hatte gehen sehen.

Sie teilten sich auf und riefen seinen Namen. Franzi nahm sich vor, die anderen nicht aus den Augen zu verlieren, aber nach ein paar Minuten sah sie nur noch hier und da ein kleines, fernes Taschenlampenlicht durchs dämmrige Dunkel zucken. Über dem nördlichen Horizont leuchtete ein schmaler, silbriger Lichtstreifen, vor dessen Hintergrund sich das Gewirr der Bäume abzeichnete. Das machte es für Franzi noch unheimlicher, als wenn die Finsternis vollständig gewesen wäre, denn so beunruhigte sie jede noch so kleine Bewegung. Schaukelte ein Ast im Wind oder flog ein großer Vogel von Baum zu Baum, schreckte sie auf. Dasselbe galt für die Stille. Abgesehen von den Rufen, die immer entfernter an ihr Ohr drangen, waren das Rascheln des Laubs unter ihren Füßen und der schwere Atem aus ihrer eigenen Kehle die einzigen Geräusche.

Ganz plötzlich blieb sie stehen, so als wäre der letzte Schritt einer zu viel gewesen. Nein, sie konnte nicht mehr weiter in den Wald vordringen. Dr. Brecht hin oder her, sie hatte sich bemüht, aber nun war es genug. Sie wollte zurück ins Biwak.

Doch wo war das Biwak? Sie drehte sich einmal um die eigene Achse, bis sie begriff, dass sie die Orientierung verloren hatte. Natürlich hätte sie nur laut nach Nooa rufen müssen. Aber sie wollte sich nicht diese Blöße geben.

Sie dachte angestrengt nach. Wenn dies da vorne, wo der Horizont leuchtete, Nordwesten war … Aber war das überhaupt Nordwesten? Eigentlich doch schon, denn je näher zum Polarkreis, desto später ging die Sonne unter. In manchen Gegenden Finnlands und Schwedens ging die Sonne im Sommer überhaupt nicht unter.

Plötzlich hörte sie hinter sich ein Knacken und sie fuhr herum. Mit der Taschenlampe leuchtete sie das Unterholz ab. Leider kam nur ein kleiner, gebündelter Lichtstrahl aus der Leuchte in ihrer Hand heraus, und vergeblich fummelte sie daran herum, um Streulicht zu bekommen. Es klappte einfach nicht.

Sie ging ein paar Schritte vorwärts.

Was war das, was sie hörte? Ein Atmen?

Sie blieb stehen, lauschte. »Ist da jemand? Hallo?«

Keine Antwort.

Sie ging ein paar weitere Schritte vorwärts. Der Lichtpunkt fegte über die Baumstämme und Büsche, huschte über das Moos auf dem Boden, über kleine Erdhügel, über eine tote, von Ameisen übersäte Maus …

Franzi verzog den Mund und wandte sich in eine andere Richtung. Nach weiteren zögerlichen Schritten blieb ihr kleines Lichtbündel an einem größeren Gegenstand haften.

Gegenstand? Das war ein Mensch!

Er lag gekrümmt auf der Seite, den Rücken ihr zugewandt, zusammengerollt wie eine Languste.

»Dr. Brecht?«, murmelte sie. Und dann, etwas lauter, noch einmal und immer wieder. »Dr. Brecht? Dr. Brecht?«

Das Herz schlug ihr bis zum Hals. Sie traute sich kaum, ihre Hand nach seiner Schulter auszustrecken. Doch schließlich, so langsam und zittrig, als ginge es darum, eine Schlange anzufassen, schob sie ihren Arm weiter vor.

Sie berührte seinen Oberarm und war auf alles gefasst – nur nicht auf das, was dann passierte.

Mit einer plötzlichen Bewegung drehte der Körper sich zu ihr herum. »Buuuuuh.«

Sie fiel rücklings ins Laub. Die Taschenlampe glitt ihr aus den Händen. Ein paar Sekunden lang war es dunkel, bis ein grelles Licht Franzi blendete.

Jemand lachte, und Franzi erkannte sofort, wer es war.

»Marc. Du blöder Affe.«

Er lachte sich schief und setzte sich neben sie. »Was denn, ist doch lustig.«

»Es ist *nicht* lustig! Du hast mich zu Tode erschreckt.«

»Ach, komm schon, hier passiert so wenig.«

»Jede Menge passiert, oder warum sonst schleichen wir hier herum und suchen Dr. Brecht?«

»Ich meine, hier passiert nichts zum Lachen. Und der Brecht hat sich einfach nur verlaufen. Wetten, morgen steht er heulend auf der Matte. Was soll ihm schon zustoßen? Hier gibt es keine gefährlichen Tiere.«

»Kann ja sein. Trotzdem suchen wir jetzt besser weiter.«

»Warte mal, ich höre was.«

Franzi verhielt sich mucksmäuschenstill und lauschte angestrengt nach irgendeinem Geräusch.

»Ich höre nichts.«

Zu spät bemerkte sie, was Marc vorhatte. Er drückte ihr einen dicken Kuss auf den Mund.

Sie stieß ihn weg. »Ehrlich, Marc, ich könnte dich ...«

Er lachte, sogar noch, als Mrs Greenwood plötzlich in ihrer ganzen beeindruckenden Größe wutschnaubend neben ihm stand. Wenig respektvoll blickte er an ihr herauf.

»Na, was gefunden?«

»Stehen Sie auf, Marc von Keuthenich. Sofort. Ich habe gesehen, was Sie eben gemacht haben.«

»Echt? Ja, von mir kann man noch was lernen. Und Sie natürlich besonders.«

»Ich sagte aufstehen, Sie Schwerenoter.«

Mit provozierender Langsamkeit folgte er Mrs Greenwoods Anweisung. Schließlich blickte er ihr ziemlich geringschätzig in die Augen.

»Das war nur ein Kuss, Ma'am. Sie wissen, was das ist, ein Kuss?«

»Du hast Franzi widerwillig gekusst.«

»Im Gegenteil.«

»Ich meine, Franzi hat das nicht gewollt. Oder, Franzi?«

»Ich … äh …« Sie wollte Marc nicht in die Pfanne hauen. Er war halt ein Clown, der sich selbst am lustigsten fand, aber doch eigentlich kein schlechter Typ. Andererseits war das mit dem aufgedrückten Kuss wirklich ein bisschen too much.

»Egal, was du sagst«, rief die Greenwood. »Ich habe gesehen, was ich gesehen habe.«

»Was geht *Sie* das eigentlich an?«, fuhr Marc sie an. »Wir sind beide achtzehn Jahre alt.«

»Sie wollen mich wohl dumm verkaufen? Was Sie da gemacht haben, ist eine Notigung, Sie Rupel.« Marc konnte sich das Lachen nicht verkneifen. »Ehrlich, Ma'am, Sie mussten sich mal selbst horen.«

Er wandte sich von ihr ab, doch Mrs Greenwood stellte sich ihm in den Weg.

»Damit Sie es wissen, Herr Keuthenich. Sie erhalten von mir einen Eintrag über Ihr Verhalten und der Dekan wird davon erfahren. Dann wird Ihnen das Lachen schon noch vergehen.«

»So, glauben Sie?« Und dann fügte er mit einem Ernst hinzu, den Franzi noch nie bei ihm erlebt hatte. »Das wollen wir doch mal sehen.«

PASCAL

Wer spricht schon gerne über seinen älteren Bruder? Seit dieser Scheiß in Finnland passiert ist, fragt mich jeder: »Hey, sag mal, stimmt das, was ich auf Facebook gelesen hab? Kam sogar in den News. Dein Bruder? Oh Mann, erzähl.«

Das geht mir so was von auf den Sack. Ältere Brüder sind doch meistens zum Kotzen. Ich kenn jedenfalls keinen, der seinen älteren Bruder toll findet. Entweder sie haben was drauf, dann bist du der Blöde, weil du nicht an sie rankommst, immer bist du ein Jahr, zwei Jahre, einen Schritt, zwei Schritte hinter ihnen. Oder sie sind Loser, dann zieht dich jeder mit ihnen auf. Man hat die Wahl – in ihrem Schatten stehen oder in ihrer Scheiße stehen.

Also, wenn es unbedingt sein muss … Er hat immer seine Witzchen über mich gerissen, weil ich ein bisschen zu klein geraten bin. Bingo. Witze über Körpergröße und damit angeblich verbundene andere Größen waren ein paar Jahre lang der große Renner bei ihm. An mir hat er alles ausgelassen, den ganzen Scheißkram. Na gut, nicht nur an mir, aber zuallererst an mir und später dann an anderen. Den ganzen Frust, die bekackte Erziehung, den bekackten Vater, die bekackte Mutter …

Sagt man nicht? Mir doch egal. Angeblich ist die Wahrheit doch heilig, dann mach ich mal einen auf Heiliger und sag, wie es ist.

Es gibt da doch diesen Song, uralt, aus den Dreißigern oder so, von … Wie heißt der Typ denn jetzt noch gleich …? Golsh... Gensh … Gershwin, kann das sein? Bingo, der Song heißt »Summertime«, und da singt jemand: *Oh yo' daddy's rich an' yo' mamma's good lookin'* … Total die Satire. Aber so isses bei uns zu Hause. My daddy is rich and my mamma is good looking. Mehr aber auch nicht. Sonst haben die nichts drauf. Das sind keine Eltern, das sind Egoisten. Von wegen, unseren Kindern soll es mal besser gehen. Und dann tun sie alles, damit wir zu Krüppeln werden.

Bin ich ein Krüppel? Ein Kopfkrüppel? Ein Seelenkrüppel? Ja, vielleicht, ich weiß es nicht. Aber mein Bruder, der ist ganz bestimmt einer. Hundertprozentig!

Mein Vater war in der SED. Mittelgroßes Parteitier in der DDR. Um ganz groß zu sein, war er noch zu jung, aber er wäre es bestimmt geworden. Behauptet er jedenfalls. Ist nämlich total stolz auf seine Karriere, natürlich nur klammheimlich. Nach dem Mauerfall hat er es irgendwie geschafft, Manager in einer Maschinenfabrik zu werden, und die Kohle, die er da verdient hat, hat er in Aktien angelegt, und die sind explodiert – nach oben, versteht sich. Ein Ex-Sozialist als Manager und Aktienheini – was es alles gibt! Und weil er dann viel Geld hatte, hat er in eine Firma in Jena investiert, und damit hat er sich eine goldene Nase verdient.

Eigentlich eine typische Wendehals-Geschichte. Das Komische dabei ist, dass er die alten Ideen nie abgelegt hat. Obwohl, nein, so kann man das nicht sagen. Die Ideen schon, von denen will er nichts mehr wissen. Aber die – wie soll ich es erklären? –, die Struktur, dieses Besserwisserische, die Autorität, das Verlogene, das hat er bis heute noch drauf. Der hat uns vollgetextet mit seinen Ansichten, meinen Bruder und mich. Hat uns sonntags stundenlange Vorträge gehalten. Wir mussten auf zwei Stühlen in seinem Arbeitszimmer sitzen, und er ist immer langsam um uns herumgelaufen, hat gequasselt und gequasselt. Draußen schien die Sonne, Badeseewetter, und wir mussten uns drinnen seinen Quark anhören. Tja, worum ging es da? Warum es wichtig, nein, *entscheidend* ist, Zeitung zu lesen. Wie man wo die richtigen Kontakte knüpft. Wann man bei einem Geschäft einsteigt, wann man aussteigt. Wie man Lobbyarbeit betreibt. Wie man schmiert. Und das ist nur eine kleine Auswahl. Schrieb einer von uns eine schlechte Note, wollte er zuerst wissen, warum sie schlecht ausgefallen ist, dann machte er uns klar, dass eine schlechte Note schlussendlich immer das Ergebnis von Faulheit ist, und dann wollte er wissen, welcher Lehrer uns die Note verpasst hat und wie er am besten mit demjenigen »verhandelt«, damit so etwas nicht noch einmal passiert.

Bingo, vor allem im letzten Teil hat mein Vater es zur Meisterschaft gebracht. Irgendwie sind mein Bruder und ich ziemlich easy durch die Schule gekommen. Na ja, wenigstens bis jetzt. Will jedenfalls gar nicht wissen, wie er das hingekriegt hat.

Gedankt haben wir es ihm nicht. Dafür ist er uns zu sehr auf die Nerven gegangen. Wir mussten uns seine Vorträge anhören, bis ich fünfzehn und mein Bruder sechzehn war. Dann ist etwas passiert. Mein Bruder wurde beim Klauen erwischt, ich glaub, es ging um ein iPhone. Mein Vater ist aus allen Wolken gefallen, weil mein Bruder die Diebstähle erstens ja gar nicht nötig hatte und sich mit ihnen zweitens »um seine Zukunft brachte«, wie mein Vater es ausdrückte. Der rastete völlig aus. Brüllte meinen Bruder an. Und plötzlich brüllte der zurück. Hat meinen Vater einen Lügner und scheinheiligen Dreckskerl genannt, der an nichts glaubt, nur ans Geld. Der seine Ideale verraten hat, so dämlich sie vielleicht auch gewesen waren. Der nur sich selbst kennt, an keine Gemeinschaft mehr glaubt ...

Bingo, Volltreffer, versenkt. Ganz meine Meinung.

Und dann ging es rund. Mein Vater wurde im Gesicht rot wie eine Ampel und stauchte meinen Bruder zusammen. Als der einfach weggehen wollte, schlug er ihn, setzte ihn auf einen Stuhl und band ihn fest.

Ich stand mit offenem Mund dabei, meine Mutter auch. Aber wir taten nichts. Meine Mutter hat ja schon vor langer Zeit kapituliert, die macht die Klappe nicht mehr auf, und ich ...

Ehrlich gesagt, ich hab Marc da schon nicht mehr gemocht. Na gut, als kleines Kind, da stimmte alles zwischen uns. Im Alter von sieben, acht, neun, da ist ein Bruder ja auch nur der Spielgefährte im Zimmer nebenan. Aber später, da geht es um mehr. Um ein Vorbild. Um einen Freund. Um Vertrauen. Und Marc vertraute ich überhaupt nicht. Er hatte etwas Falsches an sich. Ich hab's daran gemerkt, wie er über seine Klassenkameraden gesprochen hat. In seiner Klasse war er der Spaßmacher, keiner hat ihn richtig ernst genommen, aber keiner hatte was gegen ihn. Die haben alle nicht gemerkt, wie er wirklich tickte. Die Türken hat er hintenrum Knoblauchfresser genannt, alle anderen Muslime waren für ihn Kameltreiber, Afrikaner nannte er Bimbos und machte sich über Bilder verhungernder somalischer Kinder lustig. Schwule wollte er in »Besserungsanstalten« stecken. Und so ging es munter weiter mit seinen Vorurteilen. Eigentlich hatte er gegen jeden was: Öko-Typen, Polen, Russen, Juden ... Leseratten und an Mode Interessierte waren für ihn »degeneriert«. Ins Gesicht gesagt hat er es aber den allerwenigsten, dafür war er viel zu feige. Das mussten dann schon deutlich Schwächere sein. Mit meinem besten Kumpel Pjotr hat er sich mal auf eine Diskussion eingelassen, und Pjotr hat ihn argumentativ so was von auseinandergenommen. Von da an hat er jede offene Auseinandersetzung vermieden. Wenn es drauf ankam, hat er den Schwanz eingezogen.

Als ich mal in seinem Zimmer schnüffelte, fand ich jede Menge Parolen gegen die Demokratie, das Grundgesetz und andere Rassen. Ich hab ihn nicht verpetzt, aber von da an war er für mich erledigt. Ich hab nicht die besten Eigenschaften und besonders viel hab ich bisher nicht auf die Beine gestellt, aber eins bin ich ganz bestimmt nicht: ein Drecksack.

Mein Vater hat ihn damals, als er auf dem Stuhl festgebunden war, übel zugerichtet. Trotzdem hatte ich kein Mitleid mit ihm. Hab ich einfach nicht hingekriegt.

Von da an hat Marc meinen Vater gehasst. Er hat es überspielt, hat den Kasper gemacht, aber ich hab es trotzdem gemerkt. Jede Autorität hat er gehasst, alle, die ihm etwas befehlen wollten und die auf irgendeine Weise stärker als er waren. Und die, die schwächer waren, die verwundbar waren, hat er verachtet. Vielleicht sogar sich selbst, weil auch er einmal verwundbar gewesen war.

Marc wurde auf ein Internat geschickt – in erster Linie bestimmt nicht, um ihm dort eine hervorragende Ausbildung zu verschaffen, sondern nur, damit mein Vater vergessen konnte, dass jemand so mit ihm gesprochen und er auf diese brutale

Weise reagiert hatte. Er hat ihn kühl behandelt, sachlich, fast wie einen fremden Gast, der während der Semesterferien ein Zimmer in seinem Haus gemietet hat. Uns, also meiner Mutter und mir, wurde nahegelegt, ihn niemals anzurufen oder ihm E-Mails oder so zu schreiben.

Bingo. Das fiel mir nicht schwer.

Aber was ich echt scheiße finde, ist, dass mein älterer Bruder schon wieder im Mittelpunkt steht und alle mich nach *ihm* fragen.

Am nächsten Morgen, als Dr. Brecht noch immer nicht zurückgekehrt war, entschloss sich Nooa, die Polizei zu informieren. Da die Handys in diesem abgelegenen Teil des Landes keinen Empfang hatten, wollte er persönlich nach Joensuu fahren.

»Mit dem Jeep geht's schneller.«

Doch als er das Garagentor öffnete, stand der Jeep nicht drin.

»Das … das verstehe ich nicht. Vorgestern, als wir ankamen, war er noch da.« Er wandte sich zu den Schülern um. »Weiß irgendjemand etwas darüber?«

Keiner meldete sich. Mrs Greenwood ließ nicht locker. »Gut, meine Damen und Herren, für so etwas haben wir jetzt keine Zeit. Ich verspreche, dass derjenige, der den Jeep genommen hat, nicht bestraft wird. Bitte sagt die Wahrheit. Wer von euch ist es gewesen?«

Wieder blieben alle stumm.

Nooa seufzte. »Macht nichts, ich nehme den Kleinbus.«

»Nein, junger Mann«, widersprach Mrs Greenwood. »*Ich* werde den Kleinbus nehmen. Ich habe solche Autos schon als junges Fraulein in Kanada gefahren.«

»Aber – warum?«, fragte Nooa.

»Ich werde Dr. Brecht nicht nur der Polizei vermisst melden, sondern auch dem Dekan der Schule. Wir mussen sehen, wie es weitergeht. Dieses seltsame Verschwinden verandert alles. Vielleicht mussen wir das Projekt abbrechen.«

Einige der Schüler verdrehten die Augen, andere murrten laut. Auch Franzi war ziemlich enttäuscht. Vielleicht waren diese Stunden die letzten mit Nooa. Dabei hatten sie sich doch gerade erst kennengelernt. Und alles nur, weil Dr. Brecht irgendwo eingepennt war und sich dann verlaufen hatte.

»Ich könnte Sie doch wenigstens begleiten«, bot Nooa an, und

Franzi dachte, auch das noch, jetzt haben wir noch nicht einmal mehr den heutigen Tag.

»Und wer fuhrt die Aufsicht uber die Schuler?«, fragte Mrs Greenwood zu Franzis Erleichterung. »Nein, junger Mann, Sie bleiben hier und sorgen zusammen mit Franzi fur Ordnung. Ich mochte, dass alles seine Gange geht. Ganz normal. Ihr habt das alle verstanden, ja? Tarek? Marc? Robby? Ich will keine Beschwerden uber euch horen, wenn ich zuruckkomme.« Mrs Greenwood ließ sich von Nooa kurz das Auto und den Weg erklären, dann setzte sie sich resolut hinter das Steuer und fuhr mit aufstaubenden Hinterrädern los. Nach wenigen Sekunden war sie bereits nicht mehr zu sehen und nur das sich entfernende Motorengeräusch hallte noch eine Weile durch den Wald, bis es schließlich vollständig erstarb.

Die Schüler und Nooa waren nun ganz auf sich allein gestellt.

Nach Mrs Greenwoods Abfahrt wurde die Klasse in zwei Gruppen aufgeteilt, die an verschiedenen Abschnitten weitere Dämme bauen sollten. Franzi war mit Marc, Jana und Lasse in einer Gruppe. Sie wäre aus zwei Gründen lieber in die zweite Gruppe gekommen: erstens, weil Nooa die anderen begleitete, und zweitens, weil Franzi nach dem gestrigen Abend möglichst wenig mit Marc zu tun haben wollte. Tja, Pech gehabt.

Sie gingen etwa einen Kilometer durch Auwald, ein verzaubertes Stück Natur, das man sich mit etwas Fantasie als Wohnort für Elfen und Trolle vorstellen konnte. Flechten hingen von Bäumen, Moose bedeckten Wurzeln und Steine. Vor allem Jana kriegte sich gar nicht mehr ein vor Begeisterung, alle zehn Meter blieb sie irgendwo stehen, berührte einen Strauch, einen Felsen oder eine Frühlingsblume. Andauernd sagte sie: »Hört ihr ...?

Seht ihr ...? Wisst ihr ...? Den ganzen Fußweg lang erzählte sie von Spechten, Salamandern und Kröten.

Sie hatten Schaufeln und Harken dabei und an einer markierten Stelle begannen sie mit der Arbeit. Jana spielte sich als die Oberchefin auf, weil sie besser als die anderen Bescheid wusste, wie man einen Damm anlegt, und Franzi ließ sie gewähren. Sie hatte nicht vor, in einen Wettstreit um die ohnehin ungeliebte Position der Aufpasserin zu treten. Letztendlich kümmerte sich ohnehin keiner um das, was Jana sagte, was man schon daran merkte, dass sie übermotiviert unentwegt von einem zum anderen lief und an allen herumkritisierte – auch an Franzi, obwohl sie sich alle Mühe gab. Entweder war der Damm zu niedrig oder nicht lang genug, er hatte nicht die richtige Krümmung oder den falschen Anstiegswinkel.

Franzi gestand es sich nicht gerne ein, aber manchmal fragte sie sich, ob es nicht doch schöner gewesen wäre, in der Ägäis Wasserproben zu analysieren, als sich bei schweißtreibender Sklavenarbeit von Moskitos aussaugen zu lassen. Mit Nooa wäre es auf alle Fälle leichter. Er verstand es zu motivieren, machte mal einen Witz und sah das alles nicht so eng. Bei Jana konnte man glauben, der Fortbestand der Menschheit hinge vom richtigen Anstiegswinkel eines ein Meter hohen und zehn Meter langen Dammes im finnischen Hinterland ab.

Nach etwa einer Stunde bemerkte Franzi, dass Lasse, der ein Stück entfernt arbeitete, seinen Rucksack nahm und sich langsam ins Dickicht des Waldes davonschlich. Na ja, dachte sie, das konnte mit einem ganz natürlichen menschlichen Bedürfnis zu tun haben. Aber er entfernte sich unnötig weit, wozu brauchte er dazu seinen Rucksack, und in Anbetracht der Tatsache, dass Dr. Brecht verschwunden war, hielt sie es für besser, ihm nachzugehen. Auch nach geschätzt einhundert Metern setzte er seinen Weg fort. Der machte keine Pipipause!

Plötzlich sah sie ihn nicht mehr. Viele Felsen sowie riesige Wurzeln umgestürzter Bäume erschwerten die Sicht, dazu die Sträucher …

Sollte sie nach ihm rufen?

Noch einmal suchte ihr Blick den dichten Wald in alle Richtungen ab, bis …

Marc stand grinsend hinter ihr, und wie schon am Abend zuvor fiel Franzi beinahe um vor Schreck.

Er hielt zwischen Daumen und Zeigefinger ein lilafarbenes Blümchen, das er ihr entgegenstreckte.

»Für dich. Als kleine Entschuldigung für gestern.«

»Du willst dich für gestern entschuldigen, indem du mich schon wieder zu Tode erschreckst?«

Er dachte eine Sekunde darüber nach. »Das Wichtige dabei ist doch die Blume, oder?«

»Das Wichtige ist, dass du mich nicht immer verfolgst.«

»Jetzt nimm schon die Blume.«

»Ich will die Blume nicht.«

»Wieso denn nicht?«

»Erstens, wohin soll ich denn jetzt damit? Zweitens, bis wir zurück sind, ist sie längst verwelkt. Und drittens würde es etwas bedeuten, wenn ich sie annehme. Es bedeutet übrigens auch etwas, dass ich sie nicht annehme.«

»Du bist echt schwierig, Franzi.«

»Umso besser, wenn du so denkst. Dann lass uns …«

In diesem Moment kam Jana dazu. »Oh nein, das ist ja … das ist ja ein Echtes Fettkraut. Und du hast es mit der Wurzel ausgerissen. Ja, spinnst du denn? Die stehen unter Naturschutz.«

Marc zuckte mit den Schultern. »Tut mir leid, Franzi, ich hätte dir lieber eine Blume geschenkt, die einen schöneren Namen als *Fettkraut* hat.«

»Das ist deine Blume, Franzi?«, rief Jana entsetzt.

»Ist sie nicht!«, korrigierte Franzi. »Ich habe nichts damit zu tun. Lasst mich in Ruhe, und zwar alle beide.«

Sie ließ sie einfach stehen und miteinander streiten. Doch sie kam nicht weit. Der monströse Hund des Rangers tauchte plötzlich zwischen den Büschen auf, und als er Franzi ins Visier nahm, wünschte sie sich, sein Herrchen wäre nicht weit. Zum Glück erfüllte sich dieser Wunsch. Ein paar Sekunden später stand Arttu Rinne neben seinem Liebling. Er warf nur einen kurzen, wenngleich wenig freundlichen Blick auf Franzi, dann ging er in Richtung ihrer sich noch immer zankenden Klassenkameraden. Er packte Marc am Kragen, schlug ihm die Blume aus der Hand und eine Tirade finnischer Wörter ergoss sich über ihn.

»Was fällt Ihnen ein, Sie – Sie blöder missgebildeter …«, rief Marc, kam aber gegen das wütende Gebrüll des Riesen nicht an.

Schließlich ließ ihn Arttu Rinne los. Der Ranger deutete auf den Boden, dann hielt er Marc den Zeigefinger vor die Nase und stieß eine letzte Warnung aus – jedenfalls klang es wie eine –, bevor er mit seinem Hund fortging.

Marc war nach diesem Vorfall auffällig ruhig. Er sah elend aus, war bleich und sprach nicht mehr. Für die Arbeit am Damm war er kaum noch zu gebrauchen, was er vergeblich zu kaschieren versuchte. Er brachte einfach nichts mehr fertig. Nach einer halben Stunde entfernte er sich ein Stück von der Gruppe. Warum, das erfuhren Jana und Franzi, als Lasse von seinem Ausflug nach Sonstwo zurückkehrte. Lasse hatte gesehen, wie Marc sich erbrochen hatte.

Franzi hatte Mitleid mit ihm, im Gegensatz zu Jana, die fand, es würde ihm recht geschehen, weil er ein Fettkraut samt Wurzel gepflückt hatte.

»Vielleicht steht er unter Schock«, sagte Franzi.

»Ja«, antwortete Jana. »Unter dem Schock, dass ihn jemand vom Possenreißer zum Angsthasen gemacht hat. Hast du es nicht gerochen?«

»Gerochen? Nein, was denn?«

»Urin. Marc hat sich in die Hose gemacht.«

Nooa führte Franzi nach der Mittagspause in das Moor. Sie spazierten hintereinander auf einem schmalen, trockenen Weg, und Nooa, der vorausging, hielt Franzis Hand, was ihr natürlich gefiel. Er sagte zwar, es wäre nur sicherheitshalber, damit sie ihm nicht abhanden komme, aber er sagte das mit einem so schelmischen Lächeln, dass sie hoffen konnte, es hätte noch einen anderen, sehr persönlichen Grund.

Links und rechts von ihnen erstreckten sich riesige Teppiche von Moos und Torf, dazwischen leuchteten vereinzelt Blüten in allen Farben, kleinere Wasserläufe und Rinnsale kreuzten den Weg, sie durchquerten Myriaden von Mückenkolonien und ab und zu scheuchten sie unabsichtlich einen Vogel auf. Nooa deutete dann auf ein Gelege zwischen Gräsern.

»Hier sind wir ungestört«, sagte er, nachdem sie zehn Minuten gegangen waren.

So ganz stimmte das mit dem Ungestörtsein allerdings nicht, wie Franzi fand. Sie waren zwar ein gutes Stück vom Biwak entfernt, standen aber quasi auf dem Präsentierteller. Nirgends ein Baum oder ein größerer Strauch.

»Ich muss dir etwas sagen. Irgendetwas geht hier vor sich, ich weiß nur noch nicht, was es ist.«

»Du meinst, weil Dr. Brecht spurlos verschwunden ist?«

»Das auch. Natürlich könnte sich euer Lehrer verlaufen haben. Aber wie ist der Jeep weggekommen? Der Schlüssel war in meinem Zimmer, den hätte jeder da herausnehmen können. Die Frage ist, wozu?«

»Tarek wollte eine Spritztour mit dem Jeep machen – was du ihm nicht erlaubt hast.«

»Ja, aber Tarek ist da, das Auto nicht.«

»Und wenn Dr. Brecht es genommen hat, um nach Joensuu zu fahren? Vielleicht … vielleicht hat er sich von den Streichen gedemütigt gefühlt und ist dann … irgendwie … durchgedreht.«

Überzeugend hörte sich das nicht an, noch nicht einmal für Franzi selbst. Auch Nooa schüttelte den Kopf.

»Nein, Franzi. Ein Lehrer, der einfach so seine Klasse im Stich lässt, und nur, weil ihm jemand einen Streich gespielt hat. Tut mir leid, aber das passt nicht zusammen. Außerdem hätte er es mir doch sagen können – oder eine Nachricht hinterlassen. Ich wiederhole es noch mal – da stimmt etwas nicht.«

In dem Moment, als er das sagte, sank er plötzlich bis zu den Knien ein. Franzi erschrak so sehr, dass sie zwei Schritte zurückwich.

»Franzi, gib mir deine Hand.«

Sie zögerte keinen Augenblick. Doch ihre Kraft reichte nicht aus.

»Keine Panik«, beruhigte Nooa sie. »Bloß die Nerven behalten jetzt.«

»Was soll ich machen?«, rief sie aufgeregt.

»Siehst du den Pflock dort vorne? Zwischen ihm und einem anderen Pflock dahinter ist ein Seil gespannt. Das musst du irgendwie am hinteren Pflock lösen und mir dann bringen.«

»Aber dann muss ich ja deine Hand loslassen.«

»Ja, lass los.«

Sie tat es und Nooa versank augenblicklich bis zur Hüfte.

Nun fiel es ihr wirklich schwer, die Ruhe zu bewahren. Der

vordere Pflock – ja, da war ein Seil gespannt. Es war etwa vier Meter lang und war als eine Art provisorischer Zaun gespannt, um seltene Pflanzen zu schützen. Das Tau wand sich um den zweiten Pflock und war mit einem Knoten befestigt. *Jetzt nicht durchdrehen, Franzi*, mahnte sie sich. *Du kriegst diesen Knoten spielend auf.*

Und tatsächlich – nach wenigen Sekunden hielt sie das zweite Ende des Seils in Händen und eilte damit zu Nooa. Glücklicherweise war er noch nicht tiefer eingesunken, und so gelang es ihm, sich mit zwei, drei kräftigen Zügen aus dem Moorloch zu befreien.

Erschöpft – und wahrscheinlich auch enorm erleichtert – lag er schwer atmend auf dem Boden. Seine Shorts und die Beine waren mit Moorschlamm bedeckt.

»Alles wieder in Ordnung?«, fragte sie, und jetzt, wo die Gefahr vorbei war, fühlte Franzi sich richtig gut, weil sie Nooa gerettet hatte.

»Ja. Danke, Franzi, du hast toll reagiert.«

»Ach, das war doch nichts«, sagte sie verlegen.

»Ich frage mich nur, wie das passieren konnte. Ich meine, die Markierung dort ist eindeutig weiß. Und Moorlöcher bilden sich nicht einfach so innerhalb von ein paar Tagen. Das wird doch andauernd überprüft.«

»Von wem?«

»Von … von Arttu.«

»Diesem grässlichen Waldschrat? Vorhin hat er Marc ziemlich hart angefasst und jetzt das ... Also, ich finde, dem solltest du mal die Hölle heißmachen.«

»Ja. Andererseits … natürlich könnte jemand die Markierungen absichtlich vertauscht haben.«

TAMARA

Man hat mich gefragt, ob ich etwas über Isabel sagen möchte. Aus gegebenem Anlass, stand in dem Brief. Bitte sehr, hier bin ich. Und ich sage sehr, sehr gerne etwas über Isabel.

Ich bin nie einem größeren Miststück begegnet. Ein egoistischeres, eingebildeteres, sexhungrigeres, verlogeneres, hinterhältigeres Wesen kann ich mir überhaupt nicht vorstellen.

Gehen wir das mal eins nach dem anderen durch, ja? Stichwort Egoismus und Arroganz. Zuerst kam sie. Dann kam noch mal sie. Dann kam lange, lange gar nichts. Dann kam ein Karren Mist. Und dann erst die anderen.

Vielleicht hat sie das von ihrer Mutter geerbt, einer Opernsängerin. Total verzickt. Ihren Ehemann Nummer drei, Isabels Vater, einen Portugiesen, hat sie herumkommandiert wie ein Feldwebel den Gefreiten. Nur weil er sich das hat gefallen lassen, hielt die Ehe etwas länger als die Ehen davor und danach. Inzwischen hat sie Nummer fünf verschlissen. Sie ist jetzt in dem Alter, wo jüngere Partner Toyboys heißen und nicht mehr geheiratet werden. Warum sich wegen ein paar Monaten diese Mühe machen? Der Abstand an Jahren zwischen ihr und *ihm* wird größer und größer, weil der jeweilige Partner zwischen fünfundzwanzig und dreißig ist – immer. Und sie wird langsam zu einer fetten, bösartigen, alten Frau, die wirklich nur noch auf der Bühne, in den dramatischen Opern, die sie trällert, von Liebe spricht.

Isabel hatte ihren ersten Zungenkuss mit zwölf. Der Junge ist danach ganz rot geworden. Mit dreizehn verlor sie ihre Unschuld mit einem Sechzehnjährigen. Ob der danach rot wurde, weiß ich nicht, aber ich würde mich nicht wundern, wenn es so gewesen wäre. Spätestens mit fünfzehn wurde häufiger in sie eingelocht als in einen gut besuchten Golfplatz.

Woher ich das weiß? Sie hat es mir erzählt. Sie hat mir immer alles erzählt. Natürlich habe ich ihr erst mal nicht geglaubt. Ich dachte, sie prahlt nur rum oder will mich neidisch machen. Dann habe ich es ein paarmal überprüft, hier und da ein paar Fangfragen gestellt. Nein, sie hat nicht gelogen. Sie hat mir die Pille gezeigt, die ihre Mutter für sie besorgt hat, und sie hat mir die Rechnung für eine Abtreibung vorgelegt. Nach dem Eingriff ging es ihr ein paar Wochen lang nicht gut, aber dann ist sie voller Elan und ohne Reue in ihr altes Leben zurückgekehrt.

Einen besonderen Geschmack, was Jungs angeht, hatte sie eigentlich nicht. Typ Schwede, Typ Italiener, Rambo oder Romeo, verdorben oder ahnungslos, das war ihr völlig schnuppe. Mit fünfzehn hat sie einen Dreizehnjährigen verführt, mit sechzehn einen Vierundzwanzigjährigen. Ihr ungewöhnlichstes Mal war auf dem Wiener Opernball, wo sie es mit einem der Debütanten auf der Personaltoilette trieb, eine halbe Stunde nachdem der mit einem anderen Mädchen Walzer getanzt hatte.

Sie hat jeden gekriegt, den sie wollte. Na ja, fast jeden. Natürlich gab es Ausnahmen. Aber wenn es wirklich jemand wagte, sie abzuweisen, hat sie sich von einer ganz anderen Seite gezeigt und demjenigen eins reingewürgt. Ihm eine Lektion erteilt. Einmal hat sie einem Nachwuchs-Leichtathleten ein Tütchen Dope untergejubelt und anonym bei den Bullen angerufen. Ein junger Gärtner verlor seinen Job bei ihrer Mutter. Ist das nicht abgefahren? Jemand verliert seinen Job, weil er die Tochter des Hauses *nicht* fickt.

Und jetzt das Heftigste. Sie hat mir vorletztes Jahr meinen Freund ausgespannt. Wie oft hatte ich schon was laufen? Vielleicht einmal im Jahr. Und sie hat mir nicht mal das gegönnt.

Wieso ich nie was gesagt habe? Warum wohl, sie war meine Doppelpartnerin im Tennis, seit ich zwölf war. Wir waren total aufeinander abgestimmt. Total erfolgreich. Aus uns hätte wirklich was werden können. Meine Mutter hat mir eingeschärft, was auch passiert, welche Kapriolen Isabel noch schlägt, ich muss die Klappe halten. Wenn Isabel und ich erst mal ein paar Junioren-Turniere gewonnen hätten, könnte man ja weitersehen. Aber bis dahin …

Kapriolen – nettes anderes Wort für Gemeinheiten und für Sexbesessenheit. Aber dann hat Isabel etwas gemacht, was sogar ihre Mutter komplett aus der Fassung brachte – sie hat nämlich heimlich was mit einem der Toyboys angefangen. Der glaubte wohl, er könnte beides genießen, das Geld der Alten und die straffen Schenkel der Jungen. Als die Sache aufflog, wurde der Toyboy auf die Straße gesetzt und Isabel sofort in ein Internat verbannt.

Von da an sahen wir uns nicht mehr. Das Tennisdoppel war durch ihre erzwungene Abreise ins Internat zerbrochen. Kurz vorher sagte ich ihr, was für eine miese, verfickte Schlampe sie ist. Überraschenderweise erklärte sie unsere *Freundschaft* daraufhin für beendet. Das war's.

Aber ich blieb einigermaßen über ihre Aktivitäten auf dem Laufenden. Auf Facebook und Instagram waren sie und ihr muslimischer Macker mit dem Körper voller Assistempel ziemlich präsent. Die haben ja jeden Pups gepostet, aber vor allem ihre Forever-Together-Beziehung beschworen, die immerhin schon ein paar Monate hielt. Oh my god!

In den Ferien und an Weihnachten und Ostern kam sie immer nach Hause zu ihrer Mutter – allein, ohne das Amöbenhirn –, und in der Zeit hat sie ihre alten Gewohnheiten wieder aufgenommen.

Da habe ich mir gedacht, ich mache ihr eine kleine Freude.

Im Internet gibt es alles zu kaufen – auch sogenannte Models, die für einen Tausender einen Job übernehmen. Der Job eines wirklich sagenhaft hübschen Slowaken bestand darin, sich verführen zu lassen und mir dann zu sagen, wo und wann *es* passieren würde. Das klappte hervorragend. So schnell hat noch kein Slowake tausend Euro verdient. Und so viele Fotos habe ich noch nie innerhalb von einer Viertelstunde gemacht.

Ich schickte eine Kollektion von fünf sehr aussagekräftigen Fotos von einem Internetcafé aus an das Amöbenhirn. Das war – ohne dass ich es wusste – zufällig an dem Tag, an dem Isabel mit ihrem Leistungskurs in Finnland eintraf.

Roberta Greenwood hatte die Nase gestrichen voll. Dr. Brecht war in ihren Augen ein verweichlichter Fachidiot, der in einer vogelkundlichen Forschungsstation besser aufgehoben gewesen wäre als im Lehramt. Die Internatsleitung sah das wohl anders. Nicht nur, was Brecht betraf. Drei Viertel der Lehrkräfte ließen den Schülern viel zu viel durchgehen und sie musste es dann im Fach Benehmen wieder richten. Wie die sich das vorstellten! Natürlich war ein solches Fach eine gute Sache, aber es war praktisch unmöglich, in zwei Unterrichtsstunden pro Woche wiedergutzumachen, was in den anderen dreißig Stunden verbockt worden war. Was half es, den Schülern beizubringen, wie sie ein Weinglas stilvoll in der Hand hielten, wie sie mit kurzen Dankesreden glänzten, die Leute korrekt mit Titeln ansprachen, einen Tisch deckten und einen Handkuss richtig vollführten oder entgegennahmen, wenn sie die wichtigste aller Benimmregeln nicht lernten? *Respekt.* Manche von ihnen wurden eines Tages große Unternehmen leiten, in die Politik gehen, Karriere in den Medien machen … Ohne Respekt würden sie Kretins werden, kleine gehässige Ungeheuer, denen an nichts anderem lag, als anderen ein Bein zu stellen.

Mrs Greenwood seufzte. Was regte sie sich eigentlich so auf? Die Stelle war gut dotiert, und ob aus Tarek nun ein arrogantes Arschloch oder ein würdiger Nachfolger seines Vaters an der Spitze einer Firma wurde, konnte ihr im Grunde egal sein. Oder ob Marc es als sein Privileg ansah, Frauen ungefragt und trickreich einen Kuss aufzudrücken. Oder ob Robby heimlich …

Plötzlich ging ein Ruck durch den Kleinbus.

Was war das?

»Fucking car«, fluchte sie. »I bust you in the air.«

Wenn sie allein mit sich war, pflegte sie den Dirty Talk durchaus. Vor anderen Leuten niemals.

Das Auto lief wieder normal. Na also, manchmal musste man nur resolut werden. Sie kam mit solchen Kleinbussen gut zurecht. Die Gangschaltung ging ein bisschen schwer, aber Roberta Greenwood wäre nicht Roberta Greenwood gewesen, wenn sie das der Gangschaltung dauerhaft erlaubt hätte. Noch ein paarmal stieß sie den Knüppel derart kraftvoll vor und zurück, dass man meinen konnte, er stecke im Erdboden fest. In Kanada hatte sie schon als kleines Kind auf der Farm ihrer Eltern gelernt, wie man mit solchen Karren umgehen musste.

Fast war sie Dr. Brecht dankbar, dass er ihr quasi diese kleine Ausfahrt in der alten Rostlaube ermöglicht hatte. Aber nur fast. Was fiel diesem Angsthasen eigentlich ein, mit dem Jeep durchzubrennen, nur weil ihm jemand ein bisschen Dreck in den Koffer gekippt hatte. Und er revanchierte sich mit einem lächerlichen Tierchen. Sie wäre anders damit umgegangen. Sie hätte allen Schülern einen Tag Hausarrest erteilt, getarnt als theoretisches Lernen. Ohne Handyempfang, ohne Internet, ohne Fernsehen wäre das für die meisten Schüler ein Tag in der Hölle geworden.

Wieder ruckelte das Auto. Und gleich noch mal. Und wieder und wieder.

Der Motor ging aus. Auf schnurgerader Strecke, mitten im Wald, nach einer halben Stunde Fahrt war Ende Gelände. Nichts ging mehr, und sosehr Roberta Greenwood fluchte und alles malträtierte, was ihr in die Finger oder unter die Füße kam – es half nichts. Der Motor blieb stumm.

Schnell hatte sie das Problem ausgemacht. Der Benzinanzeiger stand auf null. Aber sie war sich sicher gewesen, beim Losfahren noch mehr als den halben Tank voll gehabt zu haben. Wie konnte das ...?

Der Benzintank war leck. Sie roch es, kaum dass sie die Fahrertür aufgemacht hatte, und ein Blick unter das Auto bestätigte den ersten Verdacht. Ein Loch, halb so groß wie eine Fingerkuppe – oder ein dicker Schraubenzieher.

Im Kofferraum des Kleinbusses befand sich zwar ein Reservekanister und er war sogar voll. Aber was nutzte das? In einer Viertelstunde wäre er durchgelaufen, und dann lagen immer noch zwei Stunden nach Joensuu vor ihr, und sie würde auf der gleichen Straße stranden, auf der sie auch jetzt liegen geblieben war.

Die ganze Fahrt über war ihr nicht ein einziges Auto entgegengekommen. Wozu auch? Es gab dort ja weit und breit kein Dorf, gar nichts. Auf Hilfe könnte sie warten, bis sie schwarz würde. Und das Handy zeigte nicht einmal einen winzigen Balken Empfang an.

»Sh…«

Es half alles nichts. Sie musste laufen. Natürlich nicht in Richtung Stadt, das würde ja einen ganzen Tag dauern – und eine ganze Nacht. Also zurück zum Biwak. Ein Studium der Landkarte, die sie im Handschuhfach fand, zeigte ganz deutlich, dass die flotte, dreißigminütige Fahrt im Halbkreis um den Nationalpark geführt hatte. Zu Fuß wären das ihrer Schätzung nach sechs bis sieben Stunden. Wenn sie dagegen den direkten Weg durch den Nationalpark nehmen würde, wäre sie schon in zwei bis drei Stunden zurück, vielleicht sogar früher. Da waren Wanderwege eingezeichnet …

Sie nahm ihre Handtasche, die Karte und eine Flasche Wasser mit auf den Weg.

Die Landschaft erinnerte sie entfernt an ihre kanadische Heimat. Dort, im Norden des Landes, gab es auch endlose Wälder, Hunderte von Lichtungen, Tausende von knöchelhohen Beerensträuchern, die jetzt im Mai kräftig austrieben. Dazu diesen seltsamen, diffusen Himmel, ein strohfarbenes Licht.

Roberta Greenwood hielt sich an die Karte, immer den einzigen, schnurgeraden, weiß gekennzeichneten Weg nach. Ihr Schritttempo konnte sich sehen lassen. Von Zeit zu Zeit aber dachte sie: *Kaum zu glauben, ich stapfe durch einen Auwald, irgendwo im Nirgendwo, völlig allein, mit einer Handtasche unter dem Arm. Einfach lächerlich. Und alles nur wegen dieses Vogelnarren!*

Und dann passierte auch noch das – sie trat mit dem rechten Fuß in ein Moorloch und sank gleich bis zum Knie ein.

»Sh... What the fuck!«

Ärgerlich, aber eigentlich kein Problem. Dachte sie. Doch sosehr sie sich auch anstrengte, das Bein aus dem Loch zu ziehen, gelang es nur äußerst langsam, so als würde sie in einer Mischung aus flüssigem Zement, Haferbrei und Ahornsirup feststecken. Beim Versuch, das Gewicht auf den linken Fuß zu verlagern, der auf festem Boden stand, und sich auf diese Weise aus dem Loch zu befreien, verlor sie das Gleichgewicht und sank noch etwas tiefer ein. Sowohl die Karte als auch die Wasserflasche gingen sofort unter, nur ihre Handtasche schleuderte sie im letzten Moment noch aufs Trockene.

Sie war bereits bis zum Oberschenkel eingesunken. Um sich einigermaßen zu stabilisieren, musste sie das rechte Bein ebenfalls in die zähe Masse tauchen. Wenigstens hatte sie nun zwei Hände frei, um sich auf dem festen Boden abzustützen, was auch gelang.

Seltsamerweise nutzte ihr das wenig. Nach drei energischen Versuchen, sich selbst aus dem Loch zu hieven, stellte sie fest, dass die zähe Masse ihr inzwischen bis zum Bauchnabel reichte.

Gab es denn nirgendwo etwas, an dem sie sich festhalten konnte? Da waren ein paar Gräser – nach wenigen Sekunden hatte sie sie samt Wurzel herausgerissen. Nirgendwo ein Ast oder ein großer Stein.

Sie war kein schreckhafter, furchtsamer Mensch, und doch – diese warme, dicke, unheimliche Masse hüllte nun schon zwei Drittel ihres Körpers ein. Irgendwann mussten ihre Füße doch mal den Boden des verdammten Schlammlochs berühren. Sie erwartete, dass es jede Sekunde so weit sein musste.

Plötzlich bekam Roberta Greenwood es mit der Angst zu tun. Sehr spät allerdings, da schlug ihr Herz bereits unterhalb der Oberfläche.

»Help! Help!«

Noch nie hatte sie um Hilfe gerufen. Einmal war sie nachts auf dem Parkplatz überfallen worden, und da hatte sie dem Räuber ihre Handtasche um die Ohren geschlagen und ihn dann mit Pfefferspray eingenebelt.

»Help!«, rief sie noch einmal, bevor sie vollständig im Moor versank.

NOOA

Das war kein Streich, sondern eine Falle, ganz sicher. Und sie sollte zuschnappen. Derjenige, der die Markierungen in der Nähe des Biwaks vertauscht hatte, der setzte damit das Leben eines anderen aufs Spiel.

Mir war das nicht sofort klar. Erst als ich ein bisschen darüber nachdachte, bin ich zum Schluss gekommen, dass es gar nicht anders sein konnte. Ich habe das dann noch einmal überprüft, nur, um sicherzugehen, und habe mir die Pflöcke genauer angeschaut. Die hatten erst kurz vorher woanders gestanden, viel tiefer im Boden, ich konnte das an den Farbschichten auf dem Holz erkennen.

Und dann kam ich erst richtig ins Grübeln. Hatte es jemand speziell auf mich abgesehen gehabt? Meine Aufgabe war es ja, dass ich jeden Morgen eine Parzelle aussuchte, die das Schülerteam bearbeiten sollte. Spätestens am nächsten Morgen wäre ich also diese Strecke abgegangen. Und ehrlich, man muss schon ein Spezialist sein, um sich in diesem flachen Sumpfgebiet voller Gräser und Moose und ohne große Orientierungspunkte zurechtzufinden. Okay, ich bin drei-, viermal im Jahr für je eine Woche in Patvinsuo und leite dort die Schülergruppen an. Aber *sooo* gut kenne ich mich da nicht aus. Im Grunde verlasse ich mich auf die Markierungen. Und diese Moorlöcher sind verdammt tückisch. Man kann direkt vor einem stehen und sieht es nicht, weil es von einer Moosschicht bedeckt ist. Normalerweise haben wir überall im Nationalpark Stege gebaut, da kann dann für Besucher gar nichts schiefgehen. Aber dieser Teil war halt noch nicht erschlossen und …

Ja, ich rede um den heißen Brei herum, das stimmt. Weil es mir unangenehm ist, was ich gleich sagen werde – sagen *muss*.

Mir gingen also zwei Möglichkeiten durch den Kopf. Entweder war ich das Ziel gewesen. Oder jemandem war es völlig egal, wer dran glauben muss.

Jeder wird wohl verstehen, wenn ich sage, dass mir beide Varianten nicht gerade gute Laune machten.

Okay, angenommen, ich war das Ziel. Da fiel mir als Erster – und ehrlich gesagt auch als Einziger – Arttu Rinne ein. Und zwar nicht, weil er ein griesgrämiger, verschlossener, undurchsichtiger Soziopath war, der die Menschen scheute. Sondern wegen des Streits, den ich ein paar Monate vorher mit ihm gehabt hatte.

Es war beim letzten Biwak des Vorjahres gewesen, im Herbst. Wir hatten eine Schülergruppe aus Dänemark da. Die waren alle supernett, bis auf einen, der war echt schwierig und hielt sich an nichts, was man ihm sagte. Hat sich als großer Macker aufgespielt, der keinen braucht und nach dessen Pfeife alle tanzen müssen. Ein bisschen so wie Tarek. Und dieser dänische Tarek hat einfach so im Wald geraucht, obwohl das absolut tabu ist. Es gibt extra Raucherzonen im Biwak, und wir schärfen es allen Besuchern tausendmal ein, dass das Rauchen im Wald echt gefährlich ist – für den Nationalpark, aber auch für uns Menschen. Man glaubt es nicht, aber auch ein von Sümpfen und Mooren umgebener Wald kann wie Zunder brennen. Das geht ruckzuck.

Arttu hat den Typen erwischt. Es wäre völlig in Ordnung gewesen, wenn er ihm die Zigarette abgenommen hätte. Aber was hat er stattdessen gemacht? Er hat sie ihm, ehe der sich versah, auf der Wange ausgedrückt!

Dann war die Hölle los. Der Däne hat das volle Programm abgezogen, hat mit der Polizei gedroht, mit dem Rechtsanwalt, einer Klage und was weiß ich noch. Ich habe den großen Diplomaten gespielt. Einerseits musste ich den Schüler – und seine Lehrer – beruhigen. Ist ja nicht gerade eine tolle Werbung für unser Moorprojekt, wenn die Schüler von ihren Scouts misshandelt werden. Also habe ich dem Honig ums Maul geschmiert, dass mir die Zähne wehtaten. Dem Dänen habe ich eine Medaille versprochen, die wir eigentlich nur an große Spender und Unterstützer des Nationalparks vergeben. Die könnte er zu Hause seinen Eltern zeigen zum Zeichen, was für ein toller Typ er doch ist. Außerdem hat er in den restlichen Tagen fast nichts tun müssen. Wie ein rohes Ei habe ich den behandelt.

Andererseits durfte ich es nicht dazu kommen lassen, dass gegen Arttu eine offizielle Beschwerde eingereicht wird, die bestimmt zu seiner Entlassung geführt hätte. Zwei Jahre lang hatten wir vergeblich jemanden für die Stelle als Ranger gesucht. Keiner will diesen einsamen Job machen. Vor allem die Winter sind hart und lange, einsam und langweilig und verdammt, verdammt kalt. Und bezahlt wird auch schlecht.

Trotzdem habe ich ihn mir vorgeknöpft, als die Schüler abgereist waren. Okay, vorgeknöpft ist vielleicht ein bisschen angeberisch formuliert. Ich bin ein eins achtzig großer Jungspund und er ein breitschultriger, riesenhafter Wikinger. Da hilft es mir auch nicht, dass ich mal Freistilringer war. Aber ich habe … wie sagt ihr dazu? … Tacheles geredet. Dass ich ihm das nicht noch einmal durchgehen lassen werde. Dass er zwar so etwas wie mein Vorgesetzter ist, aber nur, solange ich im Nationalpark bin, und dass er froh sein kann, dass ich den Vorfall nicht melde.

Und was hat er daraufhin gemacht?

Er hat nichts gesagt, kein Wort. Er hat langsam eine rohe Kartoffel von der Anrichte genommen und sie mit der Faust der linken Hand zerquetscht. Die Brocken hat er mir vor die Füße geschmissen.

Ich dachte, ich bin im falschen Film. Aber viel mehr habe ich nicht gedacht, weil sein Hund sich dann direkt vor mich gestellt und mich angeknurrt hat.

Ich weiß, ich hätte Arttu melden müssen. Aber eigentlich machte er seine Arbeit ja gut, und außerdem … Ich bin nicht gut im Verpfeifen. Etwas melden und so. Da würde ich mir mies vorkommen.

Einen Tag nach der Kartoffel-Szene bin ich abgefahren und erst kurz vor den deutschen Schülern im Mai zurückgekommen. Natürlich hatten weder Arttu noch ich den Streit vergessen. Aber ich dachte, es wäre genug Zeit vergangen, um normal zusammenarbeiten zu können.

Und dann passierte die Sache mit dem Moorloch, in dem ich fast versunken wäre, wenn Franzi mir nicht geholfen hätte. Franzi … Ja, was hätte ich ohne sie gemacht? Sie war echt eine große Hilfe. Ich meine nicht nur praktisch und so, sondern vor allem auch mental. Denn man muss sich das mal klarmachen – ich war plötzlich so etwas wie der Chef der Truppe, die Lehrer waren spurlos verschwunden und Arttu ein Risiko. Ich musste die Truppe zusammenhalten und für einigermaßen Ordnung sorgen. Und dann gab es ja auch noch die Möglichkeit, dass ich Arttu zu Unrecht verdächtigte.

Was, wenn einer der deutschen Schüler sich tödliche Streiche ausdachte?

Mir ging es ziemlich dreckig, und ich hoffte, dass die Greenwood schnell mit guten Nachrichten zurückkommen würde.

Aber es kam ganz anders.

Was ich eigentlich sagen wollte: Mit Franzi konnte ich über alles sprechen. Sie war die Einzige, der ich völlig vertraut habe. Und dabei sind wir uns nähergekommen ...

Eigentlich rechnete Franzi damit, dass noch am Abend desselben Tages jemand aus Joensuu kommen würde, entweder die Polizei und ein Suchtrupp oder Mrs Greenwood samt Dr. Brecht. Irgendjemand halt. Aber das passierte nicht.

Immerhin konnte es sein, dass man sich in Joensuu mit der Abfahrt bis zum nächsten Morgen Zeit lassen würde, und so wartete die Gruppe noch eine ganze Nacht und einen halben Tag.

In dieser Zeit wurde nicht am Projekt gearbeitet. Nooa meinte, es sei zu viel passiert, als dass man einfach so zur Tagesordnung übergehen könnte, und Franzi stimmte ihm zu. Erstens war überhaupt nicht klar, ob noch weitere Pflöcke mit Markierungen versetzt worden waren, und auch die Unsicherheit, was mit Dr. Brecht war und wie es weitergehen würde, machte nicht gerade Lust auf praktischen Biologieunterricht.

So vertrödelte man die Zeit. Einzig die Clique um Tarek amüsierte sich gut, und es wurde schnell offensichtlich, warum. Die Fahnen roch man hundert Kilometer gegen den Wind.

Nooa ließ es zu und auch Franzi sagte nichts. Ohne die Lehrer war ihre Autorität, sollte sie jemals existiert haben, nichts wert, und außerdem machten Tarek, Isabel und Robby ja nichts Schlimmes, es sei denn, man fand dauerndes Gelächter schlimm.

Als um vierzehn Uhr noch immer niemand gekommen war, fasste Nooa einen Entschluss.

»Okay, ich gehe mal rüber zu Arttu Rinne«, verkündete er allen. »Er hat ein Funkgerät. Irgendjemand in der Nationalparkverwaltung soll die Polizei anrufen, damit wir rauskriegen, ob eure Lehrerin in Joensuu eingetroffen ist.«

»Wo soll sie denn sonst sein?«, rief Tarek.

»Vielleicht hat sie unterwegs ein paar unerzogene Elche getroffen, denen sie Benimmunterricht gibt«, antwortete Isabel kichernd.

Und Robby fügte hinzu: »Wie man anständig röhrt.« Er rülpste ausgedehnt und seine beiden Freunde lachten.

Nooa ließ das unkommentiert. »Wie auch immer, heute Abend wissen wir mehr.«

»Und wenn nicht?«, grölte Tarek großmäulig. Man merkte, dass er Nooa nicht mochte und ihn andauernd zu provozieren versuchte.

»Dann werden wir heute Abend beim Lagerfeuer eine kleine Besprechung abhalten, wie es weitergeht. Aber ich bin sicher, dass wir bis dahin von der Verwaltung Anweisungen erhalten werden.«

Anweisungen, wiederholte Tarek in einem Tonfall, den er auch für Wörter wie Hausaufgaben und Arbeit verwendete. Und um endgültig zu zeigen, wie wenig ihn Nooa und der ganze Kram interessierten, schlenderte er einfach so in seine Hütte.

Nooa machte sich wenig später auf den etwa halbstündigen Weg zu Arttu Rinne. Isabel wollte unbedingt mitkommen, und so beschloss Franzi kurzerhand, die Zeit bis zu seiner Rückkehr für einen Spaziergang zu nutzen. Natürlich nicht irgendwohin. Sie machte sich auf zu dem Wäldchen, in dem Dr. Brecht verschwunden war. Letzte Nacht hatte man keine Spuren von ihm gefunden, aber ihr war eingefallen, dass er Vogelliebhaber war, und da war doch ein Hinweisschild auf eine Beobachtungsstation gewesen …

Natürlich, sie hätte jemanden bitten können – vielleicht sollen, sogar müssen –, sie zu begleiten. Aber sie war lieber allein. Allein mit ihren Gedanken, Sorgen, ihrem Kummer … Ja, Kummer.

Isabel und Nooa allein im Wald. Isabel mal wieder. Natürlich, die schöne Isabel, die heiße Isabel, die gefühlte Tochter von Shakira und Casanova, von Venus Williams und Tiger Woods.

Franzi war stinksauer. Zum einen natürlich auf Isabel, Miss

Hotpants, der es nicht genügte, *einen* gut aussehenden Jungen zu haben, jetzt angelte sie sich auch noch einen Mann, und das, wo sie doch bemerkt hatte, dass Nooa auffällig viel Zeit mit Franzi verbrachte. So eine Schlange. Für die war sie das letzte Mal Tennispartnerin gewesen.

Zum anderen war sie aber auch auf sich selbst sauer, weil sie bei der ersten Schwierigkeit lieber den Kopf hängen ließ und in den Wald floh, anstatt den Kampf aufzunehmen. Nooa hatte bestimmt gehofft, Franzi würde Isabel nicht einfach so das Feld überlassen. Doch genau das hatte sie getan. Warum? Aus Schwäche? Aus Gewohnheit? Aus mangelndem Selbstvertrauen?

Drei Volltreffer! Sie konnte sich einfach nicht vorstellen, auf diesem Gebiet zu gewinnen.

Die Entdeckung der Beobachtungsstation lenkte sie von den Selbstvorwürfen ab. Erst jetzt, als das kleine Gebäude nur noch wenige Meter von ihr entfernt war, kam ihr der Gedanke, dass sie dort etwas Schreckliches vorfinden würde. Dr. Brecht war ja nicht mehr der Allerjüngste, dazu ein bisschen dick. Was, wenn er einen Herzinfarkt oder so etwas gehabt hatte? Helfen konnte sie ihm dann sowieso nicht mehr.

Die letzten zwanzig Schritte auf die Beobachtungsstation zu ging sie mit einer Langsamkeit, als würde sie durch ein Minenfeld tapsen.

Die Tür stand leicht offen.

»Dr. Brecht?«

Keine Antwort. Sie hatte auch nicht ernsthaft mit einer gerechnet.

Vor der kleinen, hölzernen Treppe, die zur Station führte, blieb sie stehen. Fünf lächerliche Stufen nur, und doch so schwierig zu gehen, wie über eine tiefe Felsspalte rüberzuspringen. Ihre verschwitzte Hand klammerte sich an das Geländer, und Franzi zog sich die erste Stufe hinauf, die zweite, dritte, vierte … Vor der letzten blieb sie noch einmal stehen.

»Dr. Brecht?«

Irgendwie hoffte sie immer noch, dass er antworten würde. So etwas wie: »Hallo Franzi, ach nanu, sitze ich etwa schon seit zwei Tagen hier drin? Nichts wie ab zurück ins Biwak.«

Das war natürlich Unsinn. Aber irgendeine harmlose Auflösung des Ganzen wäre ihr schon lieb gewesen.

Endlich fasste sie sich ein Herz, zog die Tür ganz auf und warf einen Blick in den Holzbau.

Erleichtert atmete sie auf. Nichts, niemand.

Franzi trat ein. Von der Station aus hatte man tatsächlich einen guten Blick auf das Gelände, wenn auch nur nach einer Seite, und es roch angenehm nach Holz und Erde. Trotzdem fühlte sie sich darin irgendwie nicht wohl.

Da sie einen längeren Spaziergang hinter sich hatte, setzte sie sich auf die kleine Bank, um sich ein bisschen auszuruhen. Da fiel ihr Blick auf ein unscheinbares Detail – ein kleiner Stofffetzen, kaum größer als ein Daumennagel, aber von demselben Stoff und Muster wie Dr. Brechts karierte Jacke.

»Das gibt's doch nicht«, murmelte sie. »Der war hier.«

Noch einmal warf sie einen prüfenden Blick auf die vor ihr ausgebreitete Landschaft, in der Hoffnung und zugleich Befürchtung, den Lehrer irgendwo da draußen zu sehen. Wen sie jedoch stattdessen am anderen Ende der ziemlich weiten Lichtung erblickte, war Lasse. Was machte der denn da?

Plötzlich flog hinter ihr die Tür mit einem lauten Knall zu und ließ sich nicht mehr öffnen.

»Hey, aufmachen, was soll der Scheiß?«

Sie hämmerte mit den Fäusten gegen das massive Holz, sodass die ganze Hütte vibrierte.

»Marc? Mach sofort die Tür auf oder ich spreche nie wieder ein Wort mit dir.«

Als sie sich ruhig verhielt, hörte sie von der anderen Seite der Tür ein leises Atmen.

»Marc, ich kann dich hören.«

Keine Reaktion.

»Du bist so ein Idiot.«

Keine Reaktion.

»Ich habe Dörte gesagt, dass ich hierher gehen will«, log sie. »In ein, zwei Stunden wird man mich suchen. Also, mach lieber gleich auf oder du kriegst mächtig Ärger.«

Kurz darauf folgte das Geräusch des Riegels.

Ein paar Sekunden lang zögerte Franzi, die Tür zu öffnen – sie wusste selbst nicht genau, warum. So sicher, dass Marc die Tür zugesperrt hatte, war sie sich nämlich nicht. Es passte zwar zu ihm, aber …

Und wenn er es nicht gewesen war?

Als sie sich endlich ein Herz fasste und die Tür aufriss, war sie überrascht, wer da vor ihr stand.

»Dörte«, rief sie. »Dörte, warst … warst *du* das?«

»Ja! Und das war eine noch viel zu milde Strafe für dich«, rief Dörte aufgebracht. »Am liebsten hätte ich dich zusammen mit einer Würgeschlange eingeschlossen.«

»Was hab ich denn gemacht?«

»Das weißt du ganz genau, du Biest.«

Es war das erste Mal, dass jemand Franzi ein Biest nannte. Sie hatte sich immer für das Gegenteil davon gehalten, viel zu nett und rücksichtsvoll. Und dass jetzt ausgerechnet Dörte sie so beschimpfte …

»Ehrlich, ich hab keine Ahnung, wovon du redest.«

»Ich hab keine Ahnung, wovon du redest«, äffte Dörte nach. »Nooa. Na, macht's klingeling?«

»Nooa? Klingeling? Ich weiß wirklich nicht ...«

Dörte verschränkte die Arme vor der Brust, eine Körperhaltung, die Franzi nicht von ihrer schüchternen Mitschülerin kannte. »Er hat sich mit *mir* unterhalten und du hast dich unter einem Vorwand dazwischengedrängt. Du bist so gemein, so hinterlistig, das ist kaum auszuhalten.«

Franzi brauchte einige Sekunden, um zu begreifen, worauf Dörte hinauswollte.

»Ach so, du meinst neulich? Nein, das ... das hast du falsch verstanden. Ich hab da bestimmt nichts kaputt gemacht. Glaube ich jedenfalls nicht.«

»Doch, das hast du. Und das war auch deine Absicht. So wie er hat wirklich noch keiner mit mir gesprochen, so einfühlsam und ... und ... und so toll halt.«

»Er ist ein sehr netter Typ, deswegen hat er mit dir gesprochen.«

Dörte schnappte nach Luft und Franzi korrigierte sich sofort. »Entschuldigung, so meinte ich das nicht. Natürlich muss man nicht nett sein, um mit dir zu sprechen. Ich will ja nur sagen, dass er ... Er hat mir gesagt, dass er selbst mal mit Vorurteilen zu kämpfen hatte, und deswegen fand er –«

»Dass er nur aus *Mitleid* mit mir geredet hat, meinst du das!«, regte Dörte sich auf. »Also, das ist nun wirklich das Fieseste, was ich jemals gehört habe, und ich glaube nicht, dass ich jemals wieder deine Freundin sein kann.«

»Du bist enttäuscht, und deswegen verstehst du mich absichtlich falsch. Aber noch mal, Nooa ist nicht in dich verschossen. Er ist auch nicht in mich verschossen. Und was soll's? Er ist zu alt für dich und für mich und in einer Woche ist er Vergangenheit.«

»Mach mir nichts vor, du bist ganz scharf auf ihn.«

»Gebe ich ja zu. Trotzdem habe ich mir wirklich nichts dabei gedacht, als ich euch unterbrochen habe. Wenn er tatsächlich auf dich steht, dann kann *ich* das ganz bestimmt nicht verhindern. Sieh mich an, ich bin nicht gerade Kate Upton. Jetzt gerade schmeißt sich Isabel an ihn ran. *Die* solltest du zusammen mit einer Würgeschlange einsperren.«

Dörte ließ sacken, was Franzi sagte. »Meinetwegen. Aber in einem irrst du dich – er mag mich wirklich, das weiß ich genau. Oder willst du sagen, das wäre unmöglich, dass jemand wie er jemanden wie mich mag?«

»Nein, natürlich ist das möglich. Trotzdem glaube ich nicht, dass er dich auf diese besondere Weise mag, du weißt schon.«

»Ich werde dir das Gegenteil beweisen.«

»Na, da bin ich aber gespannt.«

Dörte streckte Franzi die Zunge raus, kehrte ihr den Rücken zu und schritt energisch davon. Franzi konnte nur den Kopf schütteln. Einerseits war Dörte noch ein Kind, vielleicht mehr als jeder andere in der Gruppe. Jedenfalls war ihr Verhalten das einer Zehnjährigen. Andererseits faselte sie von der großen Liebe. Das passierte halt, wenn ein hübscher junger Mann die Hormone einer Jungfrau mit ein paar netten Bemerkungen in Wallung brachte. Dörte war noch unerfahrener in solchen Dingen als Franzi, sie hatte noch nie etwas mit einem Jungen gehabt, war total verklemmt. Und jetzt sagte ihr jemand: »Hallo, nette Brille, und für sie war es, als würde Romeo unter ihrem Balkon stehen und ihre Schönheit besingen.«

Franzi nahm das nicht wirklich ernst. Dörte würde sich schon wieder beruhigen. Man konnte nur hoffen, dass Nooa die richtigen Worte finden würde, sodass sie nicht zu enttäuscht wäre.

Ihr fiel der Stofffetzen von Dr. Brechts Jacke wieder ein und sie machte sich auf den Rückweg zum Biwak.

Wem sollte sie davon erzählen? Nooa natürlich. Aber außer ihm? Vielleicht würde sie ein paar Mitschüler beunruhigen – sie war ja selbst beunruhigt. Vielleicht würde sie aber auch jemanden warnen, dass man ihm auf die Schliche gekommen war.

Zum ersten Mal zog Franzi ernsthaft in Betracht, dass man Dr. Brecht etwas angetan hatte und dass der- oder diejenige einer von ihnen sein musste. Aber das konnte dann doch nur jemand gewesen sein, der dem Lehrer nachgeschlichen war. Dummerweise hatte Franzi zwar gesehen, wie Dr. Brecht in den Wald ging, war dann aber eine ganze Zeit lang in der Hütte gewesen, bevor sie zum Baden an den See zurückkehrte. Eigentlich hatte sie dort niemanden vermisst – außer Dörte, die nicht gerne viel Haut zeigte und deshalb in ihrem Zimmer geblieben war. Bald darauf hatten sie allerdings zwei Stunden frei bekommen, und Franzi hatte sich etwas vom Lager entfernt, um mit dem Handy Fotos von der Umgebung zu machen. Was die anderen in dieser Zeit gemacht hatten, wusste sie nicht.

Plötzlich hörte sie Schritte auf dem Waldboden, ein Rascheln, nur etwa einen Steinwurf weit entfernt. Durch das Strauchwerk und das Gewirr der Baumstämme hindurch sah sie gerade noch, wie jemand gebückt in einem Dickicht verschwand.

Leise näherte sie sich. Wahrscheinlich war es nur Dörte, die mal dringend pinkeln musste, aber sie wollte sie nicht erschrecken – schon deswegen, um die Situation mit ihr nicht noch komplizierter zu machen. Franzi wollte eigentlich nur warten, bis Dörte aus dem Gebüsch herauskam, und dann gemeinsam mit ihr zum Biwak zurückgehen. Doch dann stieß sie auf etwas, das sie kaum glauben konnte.

Da hingen Frösche – lebendige Frösche – von jungen Bäumen

herunter, ungefähr auf Augenhöhe. Schnüre waren um ihre Vorder- oder Hinterbeine geknotet und dann um Zweige geschlungen worden. Wie Lametta baumelten sie herab. Einige zuckten, andere blieben ganz still und schlugen nur die Augen auf und zu. Etwas Abscheulicheres hatte sie noch nie gesehen.

»Hiergeblieben«, drang eine Stimme aus dem Busch. »Nun komm schon, blödes Viech. Das könnte dir so passen. So, jetzt hab ich dich.«

Schon an der Stimme erkannte Franzi, wer der Froschfänger war.

Sollte sie sich verstecken? Oder war es besser, den Tierquäler zu konfrontieren?

Normalerweise hätte sie sich für Letzteres entschieden. Solchen Widerlichkeiten musste man offen entgegentreten. In diesem Fall allerdings … Es war möglich, dass das, was Franzi beobachtete, mit den anderen seltsamen Vorfällen der letzten Tage zu tun hatte, und dann wäre es eventuell gefährlich, wenn sie …

Nooa, dachte sie. Sie würde nur mit Nooa darüber sprechen, mit keinem anderen.

So vorsichtig, wie sie sich angeschlichen hatte, trat sie auch den Rückzug an. Als sie weit genug entfernt war, warf sie noch einmal einen Blick zurück.

Und ja, da stand er und hängte sein neues Opfer auf.

BURIME

Ja, wir waren mal zusammen, ungefähr ein Jahr. Aber wenn man mich fragt, mit wem ich da eigentlich zusammen war, muss ich passen. Ich habe keine Ahnung. Robert – damals nannte er sich noch nicht Robby – hatte so viele Gesichter.

Kennengelernt habe ich ihn über die Deutsch-Nachhilfe, da war er fünfzehn und ich sechzehn. Und bevor jetzt gleich die Fragen kommen, ob wir zusammen Nachhilfe bei jemandem hatten oder er *mir* Nachhilfe gegeben hat – es war genau umgekehrt, ich habe ihm in Deutsch geholfen. Und es wäre schön, wenn man darüber nicht lachen oder den Kopf schütteln würde. Na gut, meine Eltern stammen aus Albanien, aber ich war zwei Jahre alt, als ich nach Deutschland kam, und es gibt keinen Grund, warum eine Burime einem Robert kein Deutsch beibringen kann oder soll oder darf.

Dazu gibt es logischerweise eine Vorgeschichte. Robert hat drei Schwestern, ich glaube, achtzehn, siebzehn und vierzehn Jahre älter als er, also ziemlich viel. Er war ein typischer Nachzügler, und irgendwie ist er das dann auch in allem geblieben. Die Schwestern waren ziemlich dominant, sie haben ihn oft geärgert oder sonstwie aufgezogen, und Munition dafür hatten sie genug.

Denn Robby war als Kind und auch noch mit dreizehn, vierzehn total schmächtig und angeblich auch andauernd krank. Er hat mir nie Kinderfotos von sich gezeigt – wie ich ihn kenne, hat er sie sowieso alle weggeschmissen, wie ein Mörder, der Beweise vernichtet –, aber als seine Mutter mir einmal Geld für die Nachhilfestunden geben musste und eine Schublade aufmachte, lag da ein Bild von ihm, als er ungefähr zehn, elf Jahre alt war. Wirklich klapperdürr, mit einer gruseligen Brille auf der Nase, dünnen Haaren, die aussahen, als wären sie auf dem Kopf angeklebt worden, einer ganz bleichen Haut ... Und das muss noch eines der besseren Fotos gewesen sein, sonst hätten sie es ja nicht entwickelt. Er war gegen tausend Sachen allergisch, Hausstaub, Feuchtigkeitscreme, Birkenpollen, Baumwolle, brauchte ein bestimmtes Brot, eine bestimmte Milch, eine bestimmte Bettwäsche, bestimmtes Dies und Das. Er fror immerzu und lief noch im schönsten Mai mit einem dicken Pullover herum. Hat mir jedenfalls eine seiner Schwestern erzählt.

Ich weiß nicht, ob das eine was mit dem anderen zu tun oder es vielleicht sogar verursacht hat – denn er war auch in der Schule ein schwieriger Fall. Eigentlich hatte er keine Stärken, nur weniger große Schwächen. Naturwissenschaften, Geschichte, Geo, Sport, nichts lag ihm so richtig. Er stand überall auf einer Vier, manchmal schlechter. Vor allem Sprachen machten ihm zu schaffen. Er hatte eine Leseschwäche, das kam noch dazu, aber er hatte auch sonst Mühe, sich auszudrücken. Das allergrößte Problem war, dass er einfach nichts annahm, was die Lehrer ihm versuchten beizubringen. Wie eine Schnecke, die angestupst wird, zog er sich in sein inneres Gehäuse zurück, sobald der Unterricht begann. Erwachsene hatten einfach keine Chance bei ihm – ich glaube, das lag an den jahrelangen Gängelungen seiner Schwestern.

Na ja, und da komme ich ins Spiel.

Da fällt mir ein, in einem Fach war er wohl doch ganz gut, nämlich in Kunst. Vielleicht, weil man da im Grunde ja nicht etwas eingepaukt bekommt, sondern viel Spielraum hat. Wobei, sehr kreativ war er auch nicht. Am liebsten hat er etwas nachgezeichnet, alte Seekarten oder frühe Darstellungen der menschlichen Anatomie. Darin war er wirklich gut. Bis zur letzten Sehne identisch. Einmal habe ich einen Scherz darüber gemacht, dass er eines Tages ein großer Fälscher wird. Er fand das lustig, seine Mutter weniger.

Es gab damals so ein Programm in unserer Stadt, Schüler helfen Schülern, und weil Roberts Nachhilfelehrer einer nach dem anderen die weiße Fahne gehisst haben, wurde ich von seiner Mutter engagiert. Die meiste Zeit machten wir Deutsch, manchmal auch Englisch, Französisch oder Mathe, immer bei ihm zu Hause im Wohnzimmer, nie woanders, das war die Vereinbarung. Nach den ersten zwei, drei Nachmittagen kamen wir gut klar, er kapierte tatsächlich was, seine Noten wurden besser und auch sonst verstanden wir uns einfach gut. Ein paar Wochen nach unserer ersten Nachhilfestunde zeigte er mir sein Zimmer oder besser gesagt das Wichtigste in seinem Zimmer, den Computer.

Er war ganz wild auf alle möglichen Computerspiele, solche zum Ballern, andere zum Tüfteln. Besonders viel Zeit verbrachte er in einem Forum für Rollenspiele. Da schlüpft man quasi in eine andere Haut, man beginnt ein anderes Leben, ist ein anderer. Aber irgendwie ja nun auch wieder nicht, denn alles, was man sich da so ausdenkt, kommt ja von irgendwoher innen drin, oder? Man macht da halt Sachen, die man sich sonst nicht traut, oder man verlegt seine Träume in diese Welt. Im zweiten Leben tummeln sich jede Menge Models, Sänger, Gigolos, Millionäre, Adelige, Modeschöpfer, Rennfahrer, große Künstler und gerissene Verbrecher, Drachendompteure, Draufgänger und Drecksäue. Kurz, lauter erfolgreiche, glamouröse Leute.

Robert war in seinem zweiten Leben ein Auftragskiller. Er verdiente seinen Lebensunterhalt mit dem Töten anderer zweiter Leben und war darin ziemlich gut. An die siebzig Menschen, besser gesagt Profile, hatte er gekillt, besser gesagt zum Erlöschen gebracht. Er hatte sich Kampftechniken angeeignet, Waffen gebaut und einmal sogar eine Villa in die Luft gesprengt. Ja, das war möglich, und so krank ich das auch fand – wenigstens in der Hinsicht war diese aus ewig glücklichen, begabten, wunderschönen und unsterblichen Superstars bevölkerte Welt ein bisschen realistisch.

Ich war nicht besonders an seinem zweiten Leben interessiert, das hat er schnell gemerkt. Stattdessen habe ich ihn auf seine scheußliche Brille angesprochen und dazu gebracht, dass wir zusammen eine neue für ihn gekauft haben. Er fühlte sich gut damit und … Na ja, so hat es angefangen. Nach und nach hat er sein Aussehen verändert, ein bisschen Bräune bekommen, einen anderen Haarschnitt. Als ich mich im Fitnesscenter anmeldete, ging er auch hin.

In dieser Zeit habe ich mich in ihn verknallt. Er hat alles aufgesaugt, was ich gesagt habe, und mal ehrlich, wer findet das nicht super. Ich glaube nicht, dass ich Robert so richtig geliebt habe, aber ich habe es geliebt, von ihm geliebt zu werden, und das hat irgendwie auf mich abgefärbt. Ich kann es nicht anders erklären. Er hat auch mit diesen ganzen Computerspielen aufgehört. Ich wurde immer wichtiger für ihn, und das hat mich einfach glücklich gemacht.

In dem einen Jahr, in dem wir zusammen waren, hat er sich um hundertachtzig Grad gedreht. Einen Body hat der bekommen – unglaublich. Er war immer noch schlank, aber athletisch schlank. Die Allergien verschwanden nach und nach, das war wie ein kleines Wunder. Er hat oft gelacht, richtig süß sah er dann aus. Seinen Eltern hat er so lange in den Ohren gelegen, bis er sich die Augen lasern lassen durfte – adieu, Brille.

Apropos seine Eltern – es ist blöd, so was zu sagen, aber ich glaube ehrlich, dass sie sich nicht viel aus ihm gemacht haben. Nicht dass sie fies zu ihm gewesen wären oder so, nicht so fies wie seine Schwestern. Er hat zwar mal ausgesehen wie ein männliches Aschenputtel, aber er ist von seinen Eltern nicht so behandelt worden, ich meine, nicht so von oben herab. Ich hatte einfach nur das Gefühl, dass Mama und Papa nach drei Töchtern und rund fünfunddreißig Jahren Kindererziehung müde geworden waren. Einfacher ausgedrückt, sie hatten die Schnauze voll. Sie waren an die sechzig, wollten Zeit für sich, hatten Lust, schon morgens die erste Flasche Sekt zu trinken und mittags nach dem Golfspielen die zweite. Und weil sie es sich leisten konnten, haben sie beschlossen, nach Gran Canaria zu ziehen und den Sekt dort zu trinken. Was man ihnen ja eigentlich auch gönnt.

Aber da gab es ein Problem. Welches war das noch gleich? Ach ja, richtig, sie hatten ja einen Sohn, der noch nicht erwachsen war. So ein Käse aber auch.

Sie konnten Robert ja schlecht einlagern, wie sie es mit ihren Möbeln getan haben.

Früher hat man solche Kinder einfach den Klöstern gespendet. Das war sehr praktisch. Man war sie los und konnte sich sogar noch einreden, eine gute Tat getan zu haben. Heutzutage gibt es für solche Fälle das Internat. Man kann sich mit gutem Gewissen in die kanarische Sonne legen, weil das Kind in einer Schule mit besonderer Förderung viel besser aufgehoben ist als bei einem albanischen Mädchen.

Wie auch immer, wir mussten uns trennen, wenigstens räumlich. Trotzdem wollten wir unsere Beziehung nicht aufgeben. Wir schrieben uns Nachrichten aufs Handy, wir turtelten auf Facebook und natürlich skypten wir andauernd. Dabei habe ich dann auch das erste Mal Tarek gesehen, der im Hintergrund mit seiner Freundin herumblödelte.

Tarek … Ich habe gleich gespürt, dass der nicht gut für Robert ist, der sich jetzt Robby nannte, was anscheinend auch Tareks Idee gewesen war. Ein zweites Mal veränderte mein Robert-Robby sich, aber diesmal nicht zum Besseren. Seine Muskeln wurden immer größer, das sah bald schon nicht mehr normal aus. Klar, er trieb noch mehr Sport und machte Bodybuilding, aber trotzdem stimmte da etwas nicht. Er hat es bestritten, er sagte, er wäre sauber. Und ich sagte, klar, so sauber wie die Gewinner der Tour de France. Da ist er stumm geworden. Denn eines hat er nie gemacht, das muss ich ihm lassen – er hat mir niemals frech ins Gesicht gelogen.

Aber die Muskelsache war ja nur das eine. Viel schlimmer fand ich, dass er fast nur noch ein Thema hatte, über das er sprach. Tarek hier und Tarek da, und Tarek hat das gesagt, ist das nicht witzig, haha, und Tarek hat ein geiles Tattoo, das will ich auch, und Tarek ist Moslem, ich hab jetzt mal angefangen, den Koran zu lesen …

Er hat nie die Bibel gelesen. Madonna und Krishna sind für ihn Sänger, Buddha ein beliebter Dekorationsgegenstand, und wenn er Thora hört, denkt er, das würden Italiener im Fußballstadion rufen.

Also was sollte das?

Robert hatte nie viele Freunde und vor allem hatte er nie einen *besten* Freund. Deswegen habe ich ja auch lange nichts gesagt. Außerdem kannte ich Tarek fast nur aus den Anekdoten, die Robert zum Besten gab. Ich fand halt, es wäre nur fair, mir erst ein Urteil zu bilden, wenn ich ihn mal live erlebe.

Und das habe ich – ihn live erlebt *und* mir ein Urteil gebildet.

Wie drücke ich das jetzt so aus, dass es Tarek gerecht wird und trotzdem jeder versteht?

Ach, ich weiß …

Er ist mir wie ein *riesengroßes Arschloch* vorgekommen.

Ich kenne solche Typen. Er war nur mit Robert befreundet, weil er ihm in allem überlegen war. Tarek beherrschte zwei Kampfsportarten, Robert keine, da halfen ihm auch die vielen Muskeln nichts. Tarek bekam ein zehnmal höheres Taschengeld als Robert. Sein Vater ist eine ganz große Nummer im Tourismus, Roberts Vater nur ein Notar im Ruhestand. Tareks Selbstbewusstsein stand im vollen Saft, Roberts war noch ein zartes Pflänzchen. Tarek war unverschämt und arrogant, Robert kriegte das nicht fertig. Trotzdem verehrte er Tarek, weil der ihm vorgaukelte, ein toller Typ zu sein. Deswegen äffte er alles nach, was sein *bester Freund* vormachte. Aber das war nicht er, klar? Das war nicht Robert. Es war nie seine Art gewesen, über andere herzuziehen, sich über sie lustig zu machen, den großen Macker zu spielen. Dafür wusste er viel zu gut, was man als Opfer durchmacht.

Ja, sicher, man könnte mir vorwerfen, dass ich im Grunde

nichts anderes mit Robert abgezogen habe. Ich habe ihn auch beeinflusst. Aber auf andere Weise. Ich habe Robert dazu ermuntert, zu sein, wie er sein möchte, habe ihm seine Stärken gezeigt und ein bisschen Selbstwertgefühl eingeflößt. Kurz gesagt, ich habe ihm gezeigt, dass er jemand ist. Tarek hat ihn nur zu seinem Geschöpf gemacht, so wie Frankenstein das Monster. Er hat gesagt, friss oder stirb, und er hätte ihm beim ersten Widerwort sofort den Strom abgedreht, also die Freundschaft. Seine Botschaft an Robert lautete: »Deine Identität, das bin ich.«

Dabei fällt mir etwas ein. Tareks Freundin, Isabel, war dabei, als sie mich besucht haben. Ich kann nicht sagen, dass ich sie mochte. Sie war ein schönes, sportliches Girly, das so viel Theater um ihre Haare und ihr ganzes Aussehen gemacht hat, dass man meinen konnte, das Gehirn wäre komplett zweitrangig. Aber das mal beiseite. Sie hatte gerade angefangen, sich ein bisschen von Tarek zu emanzipieren. Vorher hatte sie sich wohl alles gefallen lassen. Robert jedenfalls sagte mir damals, dass sie – ich zitiere: »*Neuerdings ein bisschen zickt.*« Ich schätze mal, das war zugleich Tareks O-Ton. Und es stimmte, ich habe sie in den drei Tagen, die wir zusammen verbrachten, ein paarmal *zicken* hören, was Tarek ziemlich sauer machte. Dadurch hat sie bei mir einen Pluspunkt eingeheimst, was aber die vielen Minuspunkte nicht wettmachte, die ich ihr gab, weil sie die meiste Zeit dann doch wieder voll auf Tareks Linie war. Ich dachte so bei mir: Wenn sie in zwei Jahren nicht von ihm weg ist, schafft sie es nie. Aber wenn sie es vorher schafft, dann gibt es böses Blut …

Isabel und Tarek haben beide an einem Strang gezogen und Robert und mich auseinandergebracht. Ich weiß nicht, was sie ihm nach dem Besuch bei mir eingeflüstert haben – vielleicht dass ich nicht hübsch bin, dass ich zu albanisch wirke, zu intellektuell, dass ich die falsche Musik höre, zu viele Sprachen kann, mit der Zahnspange unmöglich aussehe, dass ich keinen Alkohol trinke, gerne mal ins Museum gehe, mich für Politik interessiere, irgendwie spießig bin. Lauter Dinge halt, die überhaupt nicht gehen. Manche Leute nennen andere oft spießig, weil sie selbst ziemlich engstirnig sind, aber das nur nebenbei.

Einige Wochen nach dem Besuch bei mir haben Robert und ich uns via Skype getrennt. Keiner von uns hat geweint oder so. Ich habe es kommen sehen. Mit diesem komischen Robby wollte ich sowieso nicht mehr zusammen sein. Es war mir ganz recht, dass es von ihm ausging, das ersparte mir ein schlechtes Gewissen und er konnte seinem Meister Vollzug melden.

Erst etwas später, als sich das alles gesetzt hatte, fing ich an, noch einmal über diese letzten Monate mit ihm nachzudenken. Ich habe mich gefragt – und das tue ich immer noch –, was Selbstverleugnung und Unterwerfung aus jemandem machen können. Was sie bei ihm anrichten. Ich meine, Robert hatte ja schon einmal diese Phase durchlebt, wo er wenig galt, und da hat er sich ein Ventil gesucht, einen Druckausgleich, nämlich diese Computerspiele, in denen er mutig, kaltblütig und letztendlich siegreich war.

Welches Ventil, das fragte ich mich damals, wird er sich als Nächstes suchen? Ich glaube, jetzt habe ich die Antwort darauf.

Als Franzi zum Biwak zurückkehrte, war ihr kalt, obwohl sie ziemlich schnell gegangen war. Zuerst dachte sie, es hätte mit ihrer Beobachtung zu tun. Es war ja auch beängstigend, mit jemandem im Ferienlager zu sein, der Spaß dabei hatte, Tiere zu quälen. Und Robby war ja keine sieben Jahre mehr alt, sondern achtzehn. Erschreckend, wie wenig sie über ihn wusste, wie wenig sie über fast alle wusste, mit denen sie nach Finnland gefahren war. Über Robby hatte sie eigentlich nie lange nachgedacht, dafür war er ihr viel zu unwichtig gewesen, Tareks Schatten, und nun war er ganz plötzlich eine dominante Figur in ihren Gedanken. Niemals würde sie vergessen können, was sie an diesem Tag erlebt hatte. Zuerst hatte sie einen Fetzen von der Kleidung des verschwundenen Dr. Brecht entdeckt und dann einem Sadisten bei seiner Lieblingsbeschäftigung zugesehen. Echt gruselig.

Sollte sie Nooa von Robby erzählen? Er hatte die Aufsicht und für den Nationalpark war er auch mitverantwortlich. Ganz bestimmt war die brutale Hinrichtung von Fröschen nicht gerne gesehen. Man wollte die Natur ja retten, nicht ermorden.

Oder war das zu spießig gedacht? Sollte sie einfach so einen Klassenkameraden verpetzen? Würde sie sich damit nicht lächerlich machen, weitere Sympathien verspielen? Außerdem – gäbe das nicht böses Blut? Als hätte sie nicht schon genug andere Sorgen! In Franzis Kopf ging es drunter und drüber, als würden ein paar Gummibälle darin herumspringen.

Je länger und schneller Franzi lief, desto kälter wurde ihr, und mit einem Mal stellte sie fest, dass es nicht an ihr, sondern am Wetter lag. Ein kalter Hauch wehte von Norden, aus dem dichten Wald, und brachte Nieselregen mit, der sich wie eine eisige Folie auf die Haut legte.

Das Licht wurde von dem dunklen Grau des Himmels aufgefressen, es wurde weniger und weniger, bis eine Wolkenwand auch den letzten schmalen Streif am Horizont verdeckt hatte. Die Landschaft veränderte sich binnen Minuten. Eben noch hatten Wald- und Sumpfblüten den Boden übersät, jetzt schlossen sie sich. Eben noch hatte es nach Erde und Gras geduftet, jetzt war die Luft völlig geruchlos. Wo Vögel gesungen hatten, herrschte nun absolute Stille.

Totenstille.

Und dann ... Das war kaum zu glauben ... Tatsächlich, eine Schneeflocke. Winzig klein war sie, so zart, dass sie im Moment, als sie auf Franzis Handfläche landete, nur noch ein Tröpfchen war. Niederschlag konnte man diese paar dünnen Flocken nicht nennen, und trotzdem war es völlig irre – Schnee im Mai.

Aus den wenigen wurden binnen einer Minute Tausende Flocken, Millionen, der Himmel war voll davon und sie waren groß wie Glasperlen. Als Franzi im Biwak ankam, hatte sich der Schnee bereits wie ein Leichentuch über die Hütten und die Landschaft gelegt.

In der Hütte der Jungs sah Franzi Licht durch die Fenster flimmern, und deswegen orientierte sie sich in dieser Richtung. Ihr war nach Wärme und Gesellschaft, und das Letzte, was sie jetzt gebrauchen konnte, war, allein in ihrem Zimmer in der Mädchenhütte zu sitzen oder vielleicht sogar mit der schlecht gelaunten Dörte.

Obwohl sie aus dem Inneren der Hütte Stimmen hörte und klopfte, reagierte niemand darauf, und so erteilte sie sich selbst die Erlaubnis. Sie trug nur ein dünnes, langärmeliges Hemd und es war bitterkalt.

Tarek kniete vor dem Kamin im Wohnzimmer der Hütte und legte Holzscheite nach. Das Feuer brannte auf Sparflamme und wärmte kaum. In der Hütte war es nur wenig wärmer als draußen – so kam es Franzi zumindest vor. Vielleicht kriegte Tarek das Feuer auch deswegen nicht zum Auflodern, weil Isabel ihn die ganze Zeit zuquatschte.

»... und da stand dieser Jeep vor der Hütte vom Zausel, diesem Försterdingsda«, sagte sie. »Genau derselbe Jeep, mit dem du ein paar Runden drehen wolltest. Du weißt schon, der hier vor ein paar Tagen in der Garage stand und plötzlich verschwunden war, zusammen mit Brecht.«

»Saß Brecht drin?«, fragte Tarek.

Er und Isabel hatten Franzi schon bemerkt, plauderten aber weiter, ohne Notiz von ihr zu nehmen. So war es oft – man blickte durch Franzi hindurch oder um sie herum. Ob sie da war oder nicht, spielte nur dann eine Rolle, wenn man gerade mal etwas von ihr wollte.

»Drin?«, rief Isabel? »Seit Tagen im Wagen? Ist ja 'ne gruselige Vorstellung. Du meinst, er ist tot?«

»Hab ich nicht gesagt.«

»Klang aber so.«

»Vielleicht hat ihm der Wildhüter den Schädel eingeschlagen, als er die Eier von einem bodenbrütenden Gelbschwanzpfeifvogel untersuchen wollte.«

»Und wie kommt der Jeep, *unser* Jeep, vor die Hütte vom Zausel?«

»Na, bestimmt nicht zu Fuß.«

»Sehr witzig. Also, ich finde das unheimlich.«

»Du findest auch Godzilla unheimlich, und das ist nur eine Gummipuppe von der Größe eines Zeigefingers.«

Isabel schnitt eine Grimasse, die Tarek nicht bemerkte, weil er angestrengt versuchte, das Holz mit dem Schürhaken in die von ihm gewünschte Position zu bringen.

»Nooa hat gleich versucht, den Jeep zu starten, aber der stotterte nur«, berichtete Isabel weiter.«

»Nooa hat gestottert?«

»Der Jeep, Alter. Nooa hat gesagt, es würde irgend so ein Zündblabla fehlen, und ohne dieses Zündblabla würde der Jeep keinen Meter mehr fahren.«

»Ist Zündblabla seine oder deine fachliche Bezeichnung für das Teil?«, fragte Tarek.

Isabel verdrehte die Augen. »Jedenfalls ist Nooa dann allein in die Hütte rein, ich hab einen Streit gehört. Nooa war ziemlich aufgeregt, und plötzlich geht auch noch die Gardine zur Seite. So beobachtet zu werden und nicht mal zu sehen, von wem – ich sage dir, da wurde mir ganz komisch. Nooa ist dann rausgekommen und –«

»Nooa, Nooa, Nooa«, unterbrach Tarek seine Freundin. »Ich kann den Namen nicht mehr hören.«

»Sag mal, was ist denn plötzlich mit dir los? Spinnst du, oder was? Warum bist du denn so muffelig?«

»Du fragst, warum ich muffelig bin? Das fragst *du*?«

»Hast du neuerdings was mit den Ohren?«

Tarek knallte den Schürhaken zur Seite und stand auf. »Ich bin nicht muffelig, ich bin stinksauer. Warum machst du mit diesem kleinen Finnen einen Spaziergang durch den Wald, hä?«

»So klein ist er nun auch wieder nicht.«

»Er ist einen halben Kopf kleiner als ich, also ist er klein, und wenn ich ihn ungespitzt in den Boden gerammt habe, ist er zwei Köpfe kleiner. Du weißt ganz genau, dass ich es zum Kotzen finde, wenn du mit anderen Typen abhängst. Das war pure Absicht von dir. Mach das noch mal, und du wirst schon sehen, was du davon hast. Ich warne dich, Isabel.«

»Das war ein Spaziergang und kein umwerfender Sex«, rechtfertigte sie sich.

»Hör auf, so was zu sagen, Isabel. Das Wort *Sex* im Zusammenhang mit dem kleinen Finnen will ich nicht hören. Und du hältst dich gefälligst von ihm fern, verstanden? Ich flirte ja auch nicht mit ...« Er unterbrach sich und überlegte.

»Mit wem?«, fragte Isabel und lachte. »Mit der bezaubernden Dörte? Mit der entzückenden Jana? Oder mit unserer lieben Franzi? Nur zu! Die sind doch alle verklostert.«

Noch nicht einmal auf Anwesende nahmen Tarek und Isabel bei ihrem Streit Rücksicht. So als wäre sie Luft, machte Isabel sich über Franzi in ihrem Beisein lustig. Mit einem Mal überkam Franzi ein ungewohnter Hass. Solche Gefühle kannte sie nicht. Normalerweise waren ihr Leute sympathisch oder unsympathisch, sie mochte sie oder ging ihnen aus dem Weg. Das spielte sich alles innerhalb gewisser Grenzen ab. In den letzten Tagen jedoch schlug das Pendel auch in extreme emotionale Regionen aus. Zuerst die Liebe zu Nooa, jetzt der Hass auf die schöne, eitle, arrogante Isabel.

Oder war das einfach nur Eifersucht, dieselbe, die Tarek fühlte?

»Was meinst du dazu, Franzi?«, fragte Isabel, als erinnerte sie sich plötzlich daran, dass sich noch jemand im Zimmer befand. »Möchtest du gerne, dass Tarek mit dir flirtet? Er sucht ganz dringend jemanden.«

Weder Tarek noch Isabel erwarteten eine Antwort – und warteten sie deswegen auch nicht ab.

Tarek schnappte sich Isabels Handgelenke. »Hör auf mit diesem Scheiß«, brüllte er sie an.

»Und du lass mich gefälligst los«, brüllte sie zurück und entwand sich seinem Griff. In diesem Moment kam Nooa rein. Für Franzi war es wie ein frischer Wind, der in einen stickigen Raum wehte. Am liebsten hätte sie sich ihm an den Hals geworfen, vor allem, als er ihr einen zärtlichen Blick zuwarf.

»Alle im Lager?«, fragte er.
Tarek widmete sich wieder dem Feuer und antwortete hörbar widerwillig.
»Marc und Lasse sammeln Holz für den Kamin. Robby … weiß nicht, wahrscheinlich auch. Die Mädels haben sich in ihre Zimmer verkrochen, um nicht zu erfrieren. Was ist das eigentlich für ein bekacktes finnisches Wetter, hä?«, fragte er vorwurfsvoll, so als wäre Nooa persönlich dafür verantwortlich.
»Schneefälle im Mai kommen bei uns vor«, erwiderte der Angesprochene. »Es ist nicht die Regel, aber es kann schon mal passieren. Wir haben genug Feuerholz im Schuppen, erfrieren wird also keiner.«
Er trat an den Kamin und begutachtete Tareks Mühen, das Feuer zum Lodern zu bringen.
»Darf ich mal?«, fragte Nooa, und Tarek drückte ihm missmutig den Schürhaken in die Hand, ohne ihn dabei anzusehen. »Die kleinen Äste sind für den Anfang besser. Erst danach kommen die großen Holzscheite drauf. Und wenn du sie wie ein Zelt anordnest, wird es schnell warm.«
Tarek sah nicht aus, als wäre er dankbar für die Nachhilfestunde im Feuermachen. Er gab niemals eine Schwäche zu, wenn es um praktische Dinge ging. Ein Tarek war selbstverständlich in allem ganz groß, was einen Mann in seinen Augen ausmachte, und Feuermachen gehörte seit diesem Tag dazu.
»Ich hatte es gerade so weit«, erklärte er, und Nooa war höflich genug, sich nicht anmerken zu lassen, wie lächerlich diese Aussage war, angesichts der Tatsache, dass Tarek zehn Minuten lang planlos im Kamin herumgestochert hatte.
Franzi war weniger diplomatisch – sie lachte kurz auf.
»Was lachst du so affig?«, ging Tarek sie sofort böse an. »Ich

warne dich, Franzi, ich weiß so einiges von dem, was du treibst, und wenn ich …«

Nooa griff ein, bevor die Situation eskalieren konnte. »Würdet ihr bitte Marc, Lasse und Robby suchen?«, bat er Tarek und Isabel. »Und Jana und Dörte herüberholen? Wir müssen die neue Lage besprechen. Es ist zu viel passiert, um einfach so weiterzumachen. Und jetzt auch noch der Schnee. Zieht euch aber was Warmes an. Ist verdammt ungemütlich da draußen.«

»Wir sind keine kleinen Kinder«, maulte Tarek. »Und deine schon gar nicht. Behandle uns normal, dann kommen wir viel besser miteinander aus.«

Immerhin kam Tarek Nooas Bitte nach, Isabel ebenso, und nachdem sie die Hütte verlassen hatten, waren Nooa und Franzi allein.

»Ich weiß nicht, wie viel Zeit wir haben«, sagte Nooa, kaum dass die Tür ins Schloss fiel, und ging auf Franzi zu. Sie dachte schon, er würde sie umarmen und küssen. Ihr Herz schlug irgendwo zwischen Schlüsselbein und Kinn und ihre Knie waren weich wie Marshmallows.

Umso enttäuschter war sie, als er einen Meter vor ihr stehen blieb.

»Ich war doch bei Arttu Rinne«, begann er. »Und was ich da mitgekriegt habe, gefällt mir gar nicht.«

NOOA

Isabel war total aufdringlich. Auch wenn sie mein Typ gewesen wäre, hätte ich nicht im Traum daran gedacht, auf ihre Annäherungsversuche einzugehen. Erstens, weil sie einen Freund hatte. Eine Frau, die auf zwei Hochzeiten tanzt, das ist nicht mein Ding. Zweitens, weil sie sich und ihre Vorzüge echt penetrant zur Schau stellte. Sie trug ein Top, das ihre Brüste so einquetschte, dass ich dachte, die springen gleich heraus und tanzen Samba. Das wäre ja noch okay gewesen, wenn sie sich nicht immer wie eine erotische Tänzerin geräkelt hätte. Sie hat mir ihre Hotpants vorgeführt – besser gesagt das Pralle, was sie verbargen –, indem sie sich auffällig oft bückte, wenn sie ein paar Meter vor mir ging und so tat, als interessiere sie sich für Waldfrüchte, Zapfen und so weiter. Einmal schlug sie sogar ein Rad. Und ich habe mir anhören müssen, welche Preise sie in welchen Sportarten schon gewonnen hat. Man kann mich uncool nennen, altmodisch, verklemmt oder was weiß ich, aber ich mag Mädchen, die sich nicht so in den Vordergrund spielen. Mädchen, die was draufhaben, es aber für sich behalten und nur zeigen, wenn es drauf ankommt. Mädchen, die nicht mit dem Hintern wackeln, als wollten sie damit Billardkugeln stoßen. Schüchterne Mädchen, die keinen Grund haben, schüchtern zu sein.

Aber wie gesagt, Isabel war auch optisch nicht mein Typ. Natürlich war sie hübsch anzusehen – ihre tolle Figur, die langen, glänzenden Haare, die gleichmäßige Bräune ihrer Haut. Trotzdem hat mich das nicht angemacht. Ich mag romantische Gesichter – Sommersprossen, eine Locke, die an der Schläfe tanzt, nicht so viel Kosmetik, eine leichte Blässe. Und ich finde es auch toll, wenn sie Ruhe ausstrahlen. Nicht zu viel Ruhe, versteht sich. Aber eben nicht die ganze Zeit darauf programmiert, auf sich aufmerksam zu machen.

Der Weg zu Arttu Rinnes Hütte in Isabels Begleitung war für mich anstrengender, als hätte ich einen zwanzig Kilo schweren Rucksack mit mir rumschleppen müssen. Aber ich habe es überstanden. Und ich hätte lieber noch zehn solche Spaziergänge mit Isabel gemacht, als das erleben zu müssen, was dann kam.

Zunächst mal entdeckte ich unseren vermissten Jeep. Was machte der vor Arttus Hütte? Und warum hatte Arttu mich nicht informiert? Entweder hatte er ihn genommen oder einer der Schüler hat ihn dorthin gefahren, aber in jedem Fall hätte Arttu mir Bescheid sagen müssen. Seltsamerweise war das Auto nicht abgeschlossen und der Schlüssel steckte. Schnell wurde mir klar, warum. Der Motor gab keinen Mucks von sich. Die Zündkabel waren durchtrennt und an der Batterie war ebenfalls herumgefummelt worden. Klemmen fehlten. In diesem Zustand war mit dem Jeep nichts anzufangen. Ich wollte lieber allein mit Arttu sprechen. Er war mir ein paar Erklärungen schuldig, und weil ich wusste, wie cholerisch Arttu sein konnte, bat ich Isabel, draußen zu warten.

Auf mein Klopfen hin passierte gar nichts, also machte ich die

Tür einfach auf. Arttu saß vor einem großen Becher Kaffee und brütete vor sich hin. Er hatte wieder diesen Gesichtsausdruck, vor dem ich – wenn ich ehrlich bin – Angst hatte. Da war so etwas Wildes in seinen Augen. Der Hund neben ihm knurrte und stellte die Ohren auf, sobald er mich sah. Auf einen einzigen Befehl von Arttu wäre er mir an die Kehle gesprungen, da bin ich ganz sicher.

Ich fragte ihn nach dem Jeep.

»Stand morgens plötzlich da«, antwortete er kurz angebunden.

»Und wie ist er ohne Zündung und Batterie dorthin gekommen?«, wollte ich wissen.

Dass er defekt ist, hätte er noch gar nicht gemerkt, behauptete er. Und wieso hatte er mich nicht informiert?

»Habe noch anderes zu tun«, brummte er.

Ich erwiderte: »Das sehe ich.«

Ich solle den Jeep mitnehmen oder es lassen, ihm aber nicht auf die Nerven gehen. Das hier sei seine Hütte und sein Job, da lasse er sich nicht von einem Grünschnabel wie mir reinreden.

Ihn weiterhin auszufragen, hätte keinen Sinn gehabt, daher erklärte ich, in welcher Lage wir waren: ein Lehrer verschwunden, den Kontakt zur zweiten Lehrerin verloren, ein Fahrzeug kaputt, ein anderes in Richtung Joensuu aufgebrochen und seither nichts mehr gehört. Ich bat ihn darum, sein Funkgerät benutzen zu dürfen.

Er deutete in die entgegengesetzte Ecke des düsteren Zimmers. Das Funkgerät sah aus, als habe ein Irrer mit einem Baseballschläger darauf eingeschlagen.

»Ist runtergefallen«, sagte er wortkarg.

»Wie, zum Kuckuck, fällt ein Funkgerät vom Tisch?«, fragte

ich. »Gab es ein Erdbeben, von dem ich nichts mitbekommen habe?«

»Der Hund wollte spielen«, lautete seine Erklärung.

Hunde, die mit Funkgeräten spielten? Die meisten bevorzugen Bälle, Stöcke und Hosenbeine.

»Und jetzt?«, fragte ich.

Er stand auf und schob die Gardine ein Stück zur Seite. »Deine Freundin?«, fragte er.

»Nein«, antwortete ich. »Ich muss jetzt wissen, wie es weitergeht.«

»Ich drehe meine Runde. So geht es weiter.«

»Wir haben einen Notfall!«, schrie ich ihn an.

Er trank seinen Kaffee aus. »Gibt es Verletzte? Nein. Also gibt es auch keinen Notfall. Joensuu wird einen Suchtrupp schicken, sobald die Lehrerin erzählt, was passiert ist. Bis dahin bewahren wir am besten Ruhe.«

Für Arttus Verhältnisse waren diese vier am Stück gesprochenen Sätze sensationell viel. Aber *was* er sagte, gefiel mir überhaupt nicht.

»Arttu, ich verlange von dir, dass du sofort –«

»Satan«, sagte Arttu gelassen, so als würde er ein x-beliebiges Wort aussprechen, so wie Blaubeerkuchen.

Der Hund fing an, die Zähne zu fletschen, und mir blieb nur der unehrenhafte Rückzug. Ich hätte ohnehin nichts mehr dort drin ausrichten können.

***

Franzi zog Bilanz. Nach dem, was Nooa von seinem Besuch beim Nationalparkwächter erzählt hatte, ergab sich folgendes Bild: Die Lehrer waren fort, Fahrzeuge standen nicht zur Verfügung, eine Funkverbindung war nicht möglich, und acht Teenager sowie ein nur wenig älterer Betreuer hingen in einem Biwak in the middle of nowhere fest, wo sie bald eingeschneit sein würden, wenn sich das Wetter nicht noch änderte. Danach sah es für Franzi jedoch nicht aus und Nooa gab ihr recht.

»So ein erneuter Wintereinbruch dauert manchmal eine ganze Woche«, sagte er.

Was beziehungsweise wer die Bilanz noch verschlechterte, war Arttu Rinne. Sein Verhalten war bestenfalls ignorant, vielleicht einfach nur idiotisch, aber im schlimmsten Fall gefährlich.

»Mir kommt das alles wie eine Verschwörung vor«, sagte Franzi. »Wie ein Plan, ausgeheckt von deinem grässlichen Kollegen.«

»Arttu könnte die Wahrheit gesagt haben. Vielleicht stand der Jeep wirklich eines Morgens vor seiner Tür. Vielleicht hat der Hund das Funkgerät zerdeppert.«

»Glaubst du das?«, fragte Franzi skeptisch.

»Nein, eigentlich nicht«, antwortete Nooa. »Aber Arttu hält alle Trümpfe in der Hand – den Hund, das Gewehr, seine Körperkraft. Und er ist nicht der Typ, den man mit Argumenten überzeugen kann. Das Blöde ist ja, wir können nicht beweisen, dass etwas Schlimmes passiert ist. Vielleicht ist Mrs Greenwood längst in Joensuu und meine Leute kommen wegen des Schneesturms nicht mehr zu uns durch. Und vielleicht ist Dr. Brecht … Ach, ich weiß auch nicht. Ich war noch nie in so einer Situation. Das Wichtigste ist, dass wir jetzt nicht in Panik verfallen.«

Franzi nickte. Sie wünschte, sie hätte einen klugen Rat für Nooa gehabt, doch ihr wollte auch nichts Gescheites einfallen.

Was, außer auf Hilfe warten, konnte man schon tun? Eine einzige Idee kam ihr dann doch noch.

»Und wenn wir alle gemeinsam zu diesem Arttu gehen und mit ihm reden?«

»Bei dem Schneesturm?«

»Auch wieder wahr. Und da fällt mir übrigens noch etwas ein. Es ist vielleicht blöd, die Sache ausgerechnet jetzt anzuschneiden. Wir haben genug andere Probleme. Trotzdem, ich habe Robby gesehen, wie er –«

Franzi kam nicht mehr dazu, ihre Beobachtung mitzuteilen, denn die anderen trafen ein – Tarek, Isabel, Marc, Lasse, Jana, Dörte und Robby. Den Blickkontakt mit den beiden Letzteren scheute Franzi. Dörte wirkte schon wieder verkniffen, weil Franzi und Nooa allein miteinander gewesen waren, aber als Nooa ihr kurz zulächelte, ging ein Strahlen über ihr Gesicht, das Dörte bestimmt das letzte Mal als Kleinkind gezeigt hatte. Nooa konnte ja nichts dafür und er meinte es nur gut, aber es wäre vielleicht klüger gewesen, Dörtes Hoffnungen nicht noch mit Freundlichkeit zu schüren. Er wusste nichts von Franzis Gespräch mit Dörte, und *darüber* konnte Franzi nun wirklich nicht mit ihm sprechen. Das wäre unfair und indiskret gewesen.

Was Robby betraf – er sah so normal aus wie immer. Nichts deutete darauf hin, was er noch vor einer halben Stunde getrieben hatte.

Nooa schilderte den Schülern die Lage, wobei er vermied, irgendwie planlos oder gar panisch zu klingen. Man hatte genug Vorräte und Feuerholz für mehrere Wochen, das war das Allerwichtigste. Das Wetter konnte ihnen allen nichts anhaben, solange man in der Nähe des Biwaks blieb. Weitere Arbeiten am Moorprojekt waren natürlich vorerst gestrichen.

Die Reaktionen fielen so unterschiedlich aus, wie es nur sein konnte. Tarek, Robby und Isabel jubelten. Marc schlug vor, einen Schneemann zu bauen. Jana sah traurig aus – sie hatte sich ihr erstes großes Biologieprojekt anders vorgestellt. Dörte und Lasse wirkten unbeteiligt. Erst als Tarek eine Flasche finnischen Wodka aus dem Anorak zog, wandte Dörte ein, dass das bestimmt nicht im Sinne von Mrs Greenwood und Dr. Brecht wäre.

»Na, dann beschwere dich doch bei ihnen, wenn du willst«, grölte Tarek und verteilte die Shots in Schnapsgläser, die er irgendwo aufgetrieben hatte. »Ist übrigens kein billiger Fusel. Hab ich im Duty-free-Shop gekauft, vierzig Euro die Flasche. Hab drei davon. Und Tequila. Und Limetten und Salz. Und noch ein paar andere kleine Überraschungen.«

Dörte, Lasse, Jana und Franzi lehnten die Schnäpse ab, Nooa bekam erst gar nichts angeboten. Er wirkte besorgt, und Franzi konnte nachfühlen, was in ihm vorging. Sollte er ein Machtwort sprechen, auf die Gefahr hin, dass Tarek und Konsorten sich ihm einfach widersetzten? Und was dann? Er durfte doch keine Schlägerei riskieren. Außerdem musste man in dieser Situation die Gruppe zusammenhalten, so gut es ging.

Franzi tauschte einen Blick mit ihm, in den sie so viel Zuneigung und Verständnis packte wie nur möglich. Und dann – sie wusste selbst nicht, woher sie den Mut nahm – ergriff sie seine Hand. Er erwiderte ihren leichten Druck.

Das Glück dauerte allerdings nur wenige Sekunden. Dörte ging dazwischen und überreichte Nooa ein selbst gemachtes Geschenk in Form eines aus Gräsern und Zweigen gebastelten Vogels. Ein geradezu kindliches Präsent, das Dörte mit leuchtenden Augen überreichte.

»Lieb von dir. So etwas hat mir noch keiner geschenkt. Es kommt bei mir an die Wand.«

»Echt?«, fragte Dörte, und Franzi erkannte sie kaum wieder mit ihren geröteten Wangen. Sie sah aus, als hätte sie ein paar Gläser Rotwein getrunken, und ihr Blick gab Franzi zu verstehen: *Siehst du, er mag mich viel mehr als dich.*

Nooa, Franzi, Dörte, Jana und Lasse zogen sich in Nooas Hütte zurück, die anderen machten Party, sie tranken und drehten den Gettoblaster auf. Ihre laute Musik und das Gelächter hallten über die Moore, die in der Dämmerung verschwanden.

LASSE

Ich war der einzige Junge aus dem Kurs, der nicht mit den Krawallmachern gefeiert hat, der auch gar nicht von ihnen eingeladen worden war. Und wenn, wäre ich trotzdem mit den Mädels mitgegangen. Ich fühle mich einfach nicht wohl zwischen den Jungs. Nicht nur denen aus dem Kurs und der Klasse. Allen Jungs. Den meisten jedenfalls. Sie sind laut. Sie fühlen sich dort wohl, wo viele andere Jungs sind und Lärm machen.

Auf Sportplätzen und im Stadion.

In Konzerten von Musikern mit langen Haaren und tausend Tattoos.

Bei Autorennen.

In Schwimmbädern.

Auf Partys und in Discos, wo es *fetzt* und *rockt* und was weiß ich.

Überall dort, wo sie sich austoben können, wo sie sich frei fühlen, wo sie Spaß haben und manchmal sogar zu träumen anfangen, alles das ist für mich ein fremdes, feindliches Land.

Mein Vater war Handballtrainer. Ich sage, war, weil er letztes Jahr gestorben ist. In der Badewanne. Ein Föhn fiel rein, und zack … So schnell geht das. Ich habe danach ein Foto von ihm gemacht, darauf sieht er aus wie ein Alien. Die Haare stehen ihm ab und die Augäpfel scheinen eher zu einer Figur der Muppet Show zu gehören. Eigentlich war er gar nicht mein richtiger Vater; der ist ein Jahr nach meiner Geburt mit einer Tunesierin abgehauen. Er hat sich nie wieder gemeldet. Aber das ist egal. Er spielt wirklich keine Rolle. Nicht die allerkleinste. Vergessen wir ihn. Also zurück zu dem anderen, meinem Stiefvater, dem Handballtrainer, der in der Badewanne krepierte. Er meinte es gut mit mir und nahm mich zu den Spielen mit, seit ich drei Jahre alt war. Okay, Hand hoch, wer war noch nie bei einem Handballspiel live in der Halle? Das dürften die allermeisten sein. Ja, genauso ist es. Nur mal zur Erklärung – ein Spiel, bei dem es lauter zugeht, gibt es überhaupt nicht. Und wer mir jetzt mit Fußball kommt … Erstens ist die Halle viel kleiner als ein Fußballstadion, außerdem ist sie völlig geschlossen. Zweitens ist Handball viel schneller als Fußball, weil das Feld kleiner ist. Und drittens werden viel mehr Tore erzielt. Ständig passiert was, ständig wird gerempelt und deswegen wird auch ständig gegrölt. Dazu das Gequietsche der Turnschuhe auf dem Belag, das andauernde Klopfen des Balls, wenn er den Boden berührt, das Gehampel der Torhüter, die quer durch die Halle gebrüllten Kommentare meines Stiefvaters …

Der Einzige, der immer völlig emotionslos geblieben ist, war ich. Mir war völlig wurscht, wer gewinnt. Ich wollte nur da raus. Als ich sieben war, hielt ich mir die Ohren zu und rannte aus der Halle. Danach sagte mein Stiefvater zu meiner Mutter: »Der ist komisch.«

Dass ich komisch war, merkte ich schon ziemlich früh. Ist auch kein Kunststück, wenn alle anderen Siebenjährigen mit ihren Vätern im Takt klatschen und der Sohn des Trainers weinend davonrennt. Aber ich habe mich nie schlecht damit gefühlt, »komisch« zu sein. Das war einfach so. Die anderen waren die anderen und ich war ich. Ein bisschen kam ich mir vor wie der Angehörige einer anderen Art. Im Grunde war ich wie alle um mich herum, ich hatte gute und schlechte Tage, gute und schlechte Noten, kleine und große Wünsche ... Trotzdem war ich anders.

Etwa zu der Zeit, als man das bemerkte, fing ich mit den Fotos an. Rein zufällig bekam ich eine Fotokamera in die Hände, ein ganz kleines Ding. Aber schon digital, immerhin, eine der ersten Generation. Meine Mutter, der zusammen mit meinem Großvater drei Schuhgeschäfte gehörten, machte damit Fotos von den Modellen, um sie für Prospekte zu verwenden. Reichte mir völlig, ich durfte mich austoben. Wo ich stand und ging, schoss ich Fotos, allerdings nie von Menschen. Damals wusste ich natürlich noch nicht, was daran eigentlich so toll war. Und es ist auch heute noch verflucht schwer, das zu erklären.

Um es vorneweg klar zu sagen, ich spreche nicht von Urlaubsbildern, Selfies, Fotos von Grillfesten, Geburtstagen und so was. Ich spreche von Fotos, über die man sich Gedanken macht, bevor man knipst. Am Anfang habe ich mir natürlich nicht viele Gedanken darüber gemacht. Aber bald wurde es ziemlich langweilig, die Schuhe im Laden meiner Mutter zu fotografieren, mein Kinderzimmer, den Weg zur Schule und so weiter. Ich wurde wählerischer – Katzen, Hunde, Vögel, Ameisen und schließlich der Garten. Der war wirklich nichts Besonderes – groß, aber öde. Fast nur Rasen, ein paar Fliederbüsche, Margeriten, hohe Zäune, zum Gähnen. Aber ich schoss die Fotos aus unterschiedlichen Perspektiven, und dadurch wurde dieser langweilige Garten echt interessant. Zu meinem zehnten Geburtstag wünschte ich mir eine bessere Kamera, zum elften einen Gartenteich, zum zwölften eine Pergola, die ich mit Kletterrosen bepflanzte. Meine Mutter war abwechselnd der Meinung, ich würde mal Fotograf oder Gärtner werden, und meinem Stiefvater war es herzlich egal, was ich werden wollte, denn ich war ja eh komisch. Er konzentrierte sich darauf, meine Stiefbrüder, seine richtigen Kinder, zu echten Männern zu machen.

Ich achtete immer mehr auf das Licht und was man damit alles verändern konnte. Dasselbe Motiv wirkt bei unterschiedlichem Licht mal heiter, mal verwirrend oder bedrohlich, mal klar oder verschwommen. Ich veränderte die Positionen und das Motiv selbst. Ich wartete zwei Stunden am frühen Morgen auf feuchtem Rasen, bis eine Hummel, eine Heuschrecke und eine Stubenfliege sich bei Sonnenaufgang auf einer Blüte trafen, und drückte ab. Nahaufnahme, logisch. Ein Bombenfoto. Danach lag ich zwei Wochen krank im Bett.

Das Warten auf ein solches Foto, das ist wie eine Meditation. Und eine Meditation ist ja eigentlich ein Gespräch zwischen sich selbst und etwas Höherem. Man ist ganz allein mit dem Objekt. Bis zu dem Moment, an dem man spürt, jetzt ist es richtig. Peng. So ein Foto, ein richtig gutes Foto, das ist eine eigene Welt. Sie existiert immer nur eine Sekunde. Nicht mal. Dann ist sie Vergangenheit, für immer. Wie ein Tagebucheintrag. Wenn ich ein Foto sehe, das ich irgendwann mal geschossen habe – sagen wir, am sechzehnten April vor drei Jahren –, weiß ich heute noch, wie ich mich damals gefühlt habe, was mir durch den Kopf ging. Ich bin in den Wald gegangen, an Ufer, auf Hügel und Berge, habe Landschaften eingefangen, Augenblicke von Traurigkeit,

Hoffnung, Schönheit, Furcht, Grauen, Zärtlichkeit … Heute noch kann ich das fühlen. Es gibt nur mich und das Foto, den ultimativen Moment. Dann brauche ich keine Welt, keine Menschen, ich bin allein auf der Welt, ich mit den Fotos, den Tausenden untergegangenen Welten. Die Menschen stören nur, außer sie sind tot oder schlafen.

Deswegen habe ich auch für Finnland gestimmt. Funny Partys auf irgendeinem Boot in der Ägäis – das hätte mir gerade noch gefehlt. Ich habe mir vorher Bilder von Patvinsuo im Internet angeschaut. Der helle Wahnsinn, diese Leere und Weite, dieses seltsame Licht, der Nebel ... Wann immer es ging, bin ich mit meiner Kamera losgezogen, auch als der Schnee kam. Der hat das alles noch mal so richtig aufgemischt. Echt wunderschön. Aber auch gruselig. Hab ein paar Beispiele mitgebracht. Hier, auf dem Bild bricht die Sonne durch den Morgendunst und wirft ganz seltsame Schatten, das sieht aus, als würden Geister im Nebel tanzen. Und da, auf dem Foto hängen tote Frösche grausam aufgespießt an Ästen, und die Vögel versammeln sich um die Leichen herum, und dann fallen ein paar Flocken vom Himmel, so als würde da oben jemand ein Leichentuch auswerfen.

Ach ja, und das hier ist Isabel – als sie schon tot war. Ich sag ja, lebendige Menschen fotografiere ich nicht. Sieht das nicht irre aus, dieser Körper, der da im Boden steckt, festgefroren, und dann die Wintersonne, die das alles mit einem matten Schimmer übergießt?

Es gibt da dieses berühmte Foto aus dem Spanischen Bürgerkrieg. Einer der republikanischen Soldaten wird im vollen Ansturm von einer Gewehrkugel getroffen, genau in dem Moment, als der Fotograf knipst. Das Bild zeigt ihn mitten im Fall, mit schmerzverzerrtem Gesicht, es ist schrecklich, aber es ist eine Choreografie, ein Kunstwerk. Okay, andere finden das einfach nur grauenhaft. Aber ich glaube, dass etwas grauenhaft *und* schön sein kann, traurig *und* poetisch. Hört sich das schräg an? Kann sein. Die Greenwood jedenfalls, die auch Geschichte unterrichtet, hat mir für eine Arbeit über den Bürgerkrieg null Punkte gegeben, weil ich das Foto in den Mittelpunkt meines Aufsatzes gestellt hatte. »Thema völlig verfehlt«, schrieb die fantasielose Kuh neben die Null, die so groß war wie ein Hühnerei.

Nur zwei Menschen haben mich verstanden. Der eine war Ramón, ein spanischer Austauschschüler. Ist zwei Jahre her. Wir waren beide sechzehn – und komisch. Ramón hat heimlich Geschichten geschrieben. Keine Liebesgeschichten oder so, sondern Anekdoten aus seiner Heimatstadt, kleine Beobachtungen, die er kunstvoll ausgeschmückt hat. Wir haben uns auf Anhieb verstanden, in jeder Beziehung. Er hat mir seine Geschichten vorgelesen, ich habe ihm meine Fotos gezeigt. Und dann ging alles ganz schnell und wir hatten Sex. Mein erstes und sein erstes Mal. War himmlisch. Ich war total in Ramón verknallt. Hat aber nur drei Wochen angehalten, dann war er wieder weg. Eine Weile haben wir uns noch geschrieben, aber dann … Na ja, wie das halt so läuft.

Der andere war Nooa. Nein, wir hatten nichts miteinander. So war das nicht. Ich kann durchaus auch Heteros sympathisch finden, und ihn fand ich sofort sympathisch. Trotzdem habe ich mich still verhalten, wie es meine Art ist. Ich bin vorsichtig geworden. Mich hält sowieso schon jeder für eine Schwuchtel, was ich ja auch bin, auch wenn ich es nicht so nenne. Ich bin halt einfach schwul. Jedenfalls – wenn ich denen keine Munition gebe, lassen sie mich in Ruhe. Wenn ich aber anfange, jungen Männern hinterherzuglotzen, würden sie es merken und ihre Wege finden, mir eins auszuwischen. Ein Graffiti von einem Schwanz mit der Unterschrift *Kinderschänder* wäre dann noch das wenigste. Die können einem das Leben zur Hölle machen, gerade jemand wie Tarek. Ich habe es bei einem anderen Schüler miterlebt, wie sie den fertiggemacht haben, nicht durch Schläge oder so, sondern durch puren Psychoterror. Dabei hat der niemandem was getan. Wir verführen nämlich nicht arme kleine heterosexuelle Jüngelchen zum Schwulsein, das haben wir gar nicht nötig, weil es nämlich genug von uns gibt und ... Okay, das gehört wohl nicht hierher.

Fein, ich in Finnland also die Klappe gehalten, wie immer. Aber Nooa, der hatte so eine freundliche Art, der hat versucht, uns als Gruppe zusammenzubringen. Aus jedem das Beste rauszuholen. Der hat es sogar geschafft, dass Dörte ein bisschen auftaute. Dass Franzi aus sich herauskam. Dass Jana, dieser Wissenschaftsroboter, ein bisschen menschlicher wurde. Und dass ich ...

Ja, also, ich bin dann, als Tarek seine Schnapsparty feierte und die Mädels und ich in Nooas Hütte waren, bald mal nach draußen gegangen. Frische Luft schnappen, sagte ich. Natürlich hat mich die Luft überhaupt nicht interessiert, ich wollte Fotos machen. Die Kamera hatte ich in meinem Rucksack, den ich immer bei mir trage. Ich ging zum See, der hatte plötzlich eine ganz andere Farbe, wie geschmolzenes Blei, umrahmt von Eis und Schnee. Sagenhaft. Die Dämmerung kam langsam, und die Sonne segelte über die Baumwipfel, ganz fahl und verschwommen hinter wabernden Schneeschleiern.

Plötzlich legte sich eine Hand von hinten auf meine Schulter.

»Hab ich es mir doch gedacht«, sagte Nooa.

»Boah, hab ich mich erschreckt.«

»Solltest du auch. Du bist viel zu weit weg vom Biwak. Das ist gefährlich.«

»Mir passiert schon nichts.«

»Sagte das Eichhörnchen, bevor der Fuchs zuschnappte. Was machst du hier?« Er bemerkte die Kamera. »Fotos? Mir ist schon aufgefallen, dass du dich häufiger mal weggeschlichen hast.«

»Ja, das hier – das ist eine wunderschöne Landschaft, echt zum Verlieben. Und so still. Die Wucht.«

»Hmhm«, summte Nooa. Sein Blick glitt über den See und den Wald, und ich wusste, es ging ihm wie mir. Er hat tolle Locken, die im Eiswind tanzten, und für einen Moment muss ich ihn wohl ziemlich schwärmerisch angesehen haben. Er merkte es und ich sah ganz schnell wieder weg.

»Okay, zeig mal, was du für Aufnahmen gemacht hast«, überbrückte er die peinliche Situation. Er sah sich etwa ein Dutzend Bilder auf dem Display an.

»Du hast echt was drauf«, lobte er. »Wow, wie du die Landschaft eingefangen hast … Super Bilder. Willst du mal Landschaftsfotograf werden? Also, das Zeug dazu hättest du bestimmt.«

So hatte noch keiner mit mir gesprochen. Auch kein Lehrer, schon gar nicht die Greenwood und der Brecht. Immer nur Lernen, Lernen, Lernen, Noten, Noten, Noten. Die haben nie über den Tellerrand geschaut. Vielleicht waren sie die Besten in ihren Fächern, kann ja sein, aber die besaßen einfach keine Fantasie. Selbst wenn – so ein Lob muss von jemandem kommen, zu dem man ein persönliches Verhältnis hat, am besten von einem Freund. Zu Nooa hatte ich sofort ein persönliches Verhältnis, auch wenn ich nicht so weit gehen würde, ihn als einen Freund zu bezeichnen. Er hat sich aber verhalten wie einer. Deswegen hörte ich ihm auch zu, als wir uns langsam auf den Rückweg machten.

»Mir ist aufgefallen, dass du dich die meiste Zeit von den anderen Jungs fernhältst. Und wenn du mit ihnen zusammen bist, wirkst du – nimm es mir nicht übel – total gehemmt. Okay, sie sind bestimmt ein bisschen zu hardcore für dich ...«

»Ein *bisschen*?«, rief ich. »Ich bin überhaupt nicht wie die. Ich bin eher wie … wie ...«

»Wie ich? Wolltest du das sagen?«

Ich traute mich nicht, ihn anzusehen.

»Ja, ein paar Dinge haben wir wahrscheinlich gemeinsam«, gab er zu. »Wir beide sind gerne draußen in der Natur, zum Beispiel. Aber ganz ohne Menschen geht es auch nicht, Lasse, und Freunde gewinnt man nur durch Freundlichkeit und Offenheit. Wenn du dich immer nur versteckst, wird das irgendwann einmal Teil deines Charakters. Das mit dem Verstecken meine ich auch im übertragenen Sinn. Du solltest dazu stehen, wie du bist, und nicht – wie nennt ihr das? – duckmäusern. Je offener du bist, desto freier wirst du dich fühlen. Und glaube mir, es gibt nicht nur Idioten auf dieser Welt und auf deiner Schule, es werden sich auch ein paar Leute finden – Jungs und Mädchen –, die dich akzeptieren und mit dir befreundet sein wollen. Aber wenn du dich immer einschließt und absonderst … Verstehst du, was ich meine?«

Er legte seine Hand auf meine Schulter, ganz kurz nur, aber das hat mir unheimlich viel gegeben. Obwohl er – das habe ich gespürt – längst gewusst hat, dass ich schwul bin, hat er mich wie ein normales Mitglied der Truppe behandelt. Am liebsten wäre ich ihm um den Hals gefallen. Aber das hätte er wahrscheinlich missverstanden, deswegen habe ich es gelassen.

Diese paar Minuten mit ihm, die wir brauchten, um zur Hütte

zurückzugehen, waren für mich mindestens so wichtig wie die Wochen mit Ramón, vielleicht noch wichtiger. Zum ersten Mal dachte ich: *Hey, heb endlich mal den Kopf. Kusch nicht immer. Sag auch mal deine Meinung!*

Ich fühlte mich plötzlich stark. Eigentlich habe ich mich nie vorher stark gefühlt. Nooa sagte, ich hätte Talent als Fotograf, er sagte quasi auch, ich wäre nicht allein, und er sagte: »Steh auf, Mann, du hast überhaupt keinen Grund, dich so kleinzumachen.«

In dem Moment habe ich mich wirklich als sein Freund gefühlt – nicht als *so eine* Art Freund, sondern als Kumpel, als kleinen Bruder, vielleicht sogar als Schüler.

Ich dachte: Genauso mache ich es – und zwar JETZT.

* * *

Als wir bei Nooas Hütte ankamen, habe ich mich bei ihm bedankt. Aber ich bin nicht mit ihm rein, sondern habe mich gleich unter dem Vorwand verabschiedet, über seine Worte nachdenken zu wollen. Für mich gab es da nichts nachzudenken. Ich bin schnurstracks zu der Party von Tarek und den anderen gegangen. Die haben blöd geguckt. Da ich mit Marc in einer Hütte wohnte, hatte ich keinen Grund, bei denen reinzuschneien.

»Was willst du denn hier?«, fragte Tarek.

»Ich dachte, ich frag mal, ob ich einen Shot kriege.«

»Du? Einen Shot?«

Ich stopfte die Hände in die vorderen Hosentaschen und nahm meinen ganzen Mut zusammen. »Auch Schwule können saufen.«

Ich kann gar nicht sagen, wie ich mich in dem Augenblick gefühlt habe. Endlich war es raus. Okay, es war bestimmt nicht schlau und auch nicht gut gemacht. Aber es war raus, und das war das Wichtigste. Sonst hätte ich ja doch nur wieder eine Nacht drüber geschlafen und dann noch eine und noch eine … Es war kein Geheimnis mehr. Jetzt konnte passieren, was wollte, aber ich würde mich nur noch mit den Folgen von dem, was ich bin, auseinandersetzen müssen und nicht mit den Folgen der Heimlichtuerei. Ich war offiziell schwul, das war Teil meiner Identität, und wenn es mir schon dreckig gehen sollte, dann wenigstens, weil ich ich war und kein niemand.

Die Reaktion hat mich allerdings überrascht. Ja, zuerst war ein paar Sekunden angespannte Stille, aber dann sagte Tarek: »Ach, was du nicht sagst. Okay, Pussy, dann zeig mal, ob du was verträgst.«

Er bot mir tatsächlich einen Shot an. Die drei anderen waren total verunsichert. Das hätten sie nicht von ihm erwartet und ich auch nicht.

»Echt jetzt?«, fragte Robby, als hätte Tarek gerade verkündet, dass *Ein Käfig voller Narren* sein Lieblingsfilm wäre. Aber Tarek ignorierte ihn.

Er holte stattdessen ein fünftes Glas und goss mir Tequila ein. Ausgerechnet Tequila! Das Zeug ist einfach nur widerlich. Logisch, dass ich mich nicht beschwert habe, nach dem Motto: Ist hier denn keiner, der eine Caipirinha mixen kann? Ich dachte: Also, wenn es sein muss, um in den erlauchten Club der Männer aufgenommen zu werden, mache ich das halt.

Tarek hob den Arm wie zu einem Trinkspruch. Dann lächelte er mich an und sagte: »Glaubst du wirklich, wir würden mit einer Schwuchtel trinken?« Und dann kippte er mir das Zeug ins Gesicht. Der Alkohol brannte in meinen Augen, ich konnte nichts mehr sehen. Umso lauter dröhnte das Gelächter in meinen Ohren.

Isabel war die Nächste, die mir ihren Tequila überkippte, dann Robby und als Letzter Marc.

Die lachten und lachten … Isabel kriegte sich gar nicht mehr ein, bis Tarek ihr irgendwas zuflüsterte und sie nach draußen verschwand.

Dahin zog es mich ebenfalls – aber Tarek hatte andere Pläne. Er befahl Robby, mich festzuhalten, was dem Muskelprotz keine Mühe machte. Außerdem war ich völlig orientierungslos, weil ich immer noch fast nichts sah.

Das Erste, was mir wieder deutlich vor Augen stand, war Tarek, der in Isabels Handtasche wühlte und einen Lippenstift herauszog, den er mir dann auf die Lippen schmierte. Natürlich versuchte ich, das Schminken zu verhindern und mit dem Kopf auszuweichen, aber dadurch wurde es nur noch schlimmer, weil der Lippenstift auf meiner Nase landete und auf dem Kinn. Schließlich hielt ich still. Ich glaube nicht, dass ich weinte, aber ich gebe zu, mir war danach zumute.

Isabel brach fast zusammen vor Lachen, Tarek war voll in seinem Element. Robby konnte ich ja nicht sehen, aber er kicherte mir direkt ins Ohr. Nur Marc, das muss ich ehrlich sagen, sah nicht so aus, als würde er sich amüsieren. Zuerst hat er sich einfach nur umgedreht und weggesehen. Aber dann wurde es ihm zu viel.

Er sagte: »Kommt, jetzt ist es genug.«

Tarek ignorierte ihn und schminkte mich weiter. »Vielleicht sollte ich auch seine Nägel lackieren. Aber das machst besser du, Isabel.«

»Kommt nicht infrage, weißt du, was der Nagellack gekostet hat?«

»Woher soll ich so was wissen?«

»Mach mit dem Lippenstift, was du willst, aber rühr meine anderen Sachen nicht an, ja.«

»Komm schon, schmink ihm die Augen. Er soll aussehen wie eine Nutte.«

»Na gut.«

Isabel war allerdings schon viel zu besoffen, um noch einen geraden Strich hinzukriegen, und zwischendrin bekam sie Lachanfälle.

Noch einmal mischte sich Marc ein. »Lasst das doch jetzt. Er hat genug.«

Da fuhr Tarek ihn an: »Was ist denn plötzlich mit dir los? Bist du einer von seiner Sorte, oder was?«

»N-nein. W-was erzählst du denn da für einen Quatsch. Natürlich nicht. Aber ... aber ...«

»Aber was? Mann, du nervst. Hau ab.«

»Hey, Tarek, ich hab doch bloß ...«

»Du sollst abhauen. Und nimm die Schwuchtel mit. Ist ja anscheinend deine große Liebe.«

Daraufhin schmissen Tarek und Robby Marc und mich aus der Hütte – und wenn ich schmeißen sage, meine ich das wörtlich. Wir landeten auf allen vieren.

Es war schon dunkel, aber das Mondlicht fiel auf den Schnee. Ich bin kurz erschrocken, als ich rote Flecken und Schlieren im Weiß sah. Ich dachte, ich würde bluten. Aber dann fiel mir ein, dass ich mit Lippenstift vollgeschmiert war.

Ich war zuerst auf den Beinen und bot Marc meine Hand an. »Danke«, sagte ich. »War echt nett von dir.«

Aber er schlug sie aus. »Du spinnst wohl. Was fällt dir ein? Lass mich bloß in Ruhe. Hau ab. Ich hab das nicht für dich gemacht, verstehst du? Nein, verstehst du natürlich nicht. Ist egal. Deinetwegen denken die, ich wäre eine Schwuchtel. Das ist deine Schuld! Warum bist du in die Hütte gekommen und wolltest unbedingt mit uns trinken? Was sollte das? Du hättest dir doch denken können, dass die keinen Bock auf so einen wie dich haben. Scheiß Analratte.«

Er tickte völlig aus, sprang auf und stieß mich rücklings zu Boden.

»Wage es nicht, mich je wieder anzusprechen«, rief Marc. »Oder mir deine Hand anzubieten. Nie, nie wieder!«

In Richtung Hütte rief er: »Kameltreiber! Kanake! Hurensohn!« Und weg war er.

Das sollte man mal begreifen. Zuerst hilft er mir und dann behandelt er mich wie einen Aussätzigen.

Ich sank zurück in den Schnee und blickte in den Nachthimmel. Die Kälte und Nässe brauchten zwei, drei Minuten, um durch die Kleidung zu dringen, und diese Zeit nutzte ich, um die Schönheit zu genießen: meinen kalten, vom Mond erhellten Atem, der in die Dunkelheit aufstieg und verschwand, das weiche Bett aus gefrorenen Kristallen, auf dem ich lag, den Ruf einer Eule, der leise knirschende Schnee unter mir … Ich wusste natürlich, dass ich ganz furchtbar aussah mit all dem verschmierten Lippenstift in meinem Gesicht, und mir war außerdem klar, dass der Abend nicht gerade toll zu Ende gegangen war. Tarek hatte eine Witzfigur aus mir gemacht, eine lächerliche, tragische Figur. Aber das war nebensächlich. Ja, wirklich. Alles wurde vom Gefühl der Freiheit überstrahlt. Ich war frei, frei, frei. Jetzt war ich in der Lage, es meiner Mutter anzuvertrauen. Jedem würde ich es künftig sagen können. Schlimmer als an jenem Abend konnte es ja gar nicht werden, und den hatte ich ja auch überstanden.

Wie konnte ich das Nooa jemals danken?

***

Nachdem Nooa die Hütte verlassen hatte, um mit Lasse zu reden, blieb Franzi mit Dörte allein zurück. Sie gab sich alle Mühe, ein normales Gespräch mit ihr zu führen, aber das war selbst unter normalen Umständen schwierig, an diesem Abend jedoch ganz unmöglich. Dörte zog ihre Eifersuchtsnummer konsequent durch.

Nach ein paar Minuten wurde sie hibbelig. Ihre Nase klebte fast am Fenster. »Was macht er denn so lange da draußen? Warum ist er Lasse überhaupt nachgegangen?«

Diese Fragen stellte sie mehr sich selbst als Franzi, aber die antwortete trotzdem.

»Nooa hat halt was übrig für Einzelgänger.«

Dörte sah sie verkniffen an. »Du bist so gemein. Immer ziehst du über mich her.«

»Was soll denn der Quatsch jetzt wieder? Wir haben über Lasse gesprochen, oder nicht?«

»Tu doch nicht so. Dasselbe hast du mir an der Vogelbeobachtungsstation gesagt, dass Nooa ein Herz für Außenseiter hat und nur deswegen nett zu mir ist.«

»Ich stehe zu dem, was ich gesagt habe. Ich glaube, du machst dir etwas vor, aber das ist keine Gemeinheit von mir, sondern meine ehrliche Meinung. Und gerade eben habe ich nur von Lasse gesprochen.«

»Du musst immer das letzte Wort haben, willst immer schlauer sein.«

»Ich habe dir an dieser Station schon gesagt, dass du es gerne bei Nooa versuchen kannst, wenn du magst. Was willst du denn noch von mir?«

»Oh, Prinzessin Franzi hat mir ein Angebot gemacht, wie gnädig.«

»So war das nicht gemeint.«

»Das sagst du andauernd.«

»Weil ich es andauernd sagen *muss*. Du hast es ja darauf angelegt, mich falsch zu verstehen.«

»Und schon wieder putzt du mich runter. Das ist wohl deine neue Lieblingsbeschäftigung.«

»Ich gebe es auf. Da spreche ich lieber mit einem Aufziehmännchen, das bringt mehr. Denk doch, was du willst.«

»Tue ich auch.«

Ein langes Schweigen trat ein. Es gab nichts, womit sie sich hätten beschäftigen können – keinen Fernseher, kein Radio, keinen Computer, und das Smartphone hatte keinen Empfang. Kurz, null Input. Ein paar Minuten lang hörte Franzi Musik mit Kopfhörern, aber das war irgendwie unbefriedigend. Sowohl sie als auch Dörte hatten leider ihre E-Books in ihrem Zimmer in der anderen Hütte gelassen, und das war bei Schnee und Wind ein ungemütlicher Weg. Außerdem konnte Nooa jeden Moment zurückkommen. Daher blieben sie gemeinsam in einem Raum und starrten Löcher in die Decke und den Boden.

Franzi bemerkte irgendwann, dass das Feuer im Kamin ausging, und sie ging hin, um ein paar Scheite nachzulegen. Doch bevor sie dort ankam, war Dörte schon aufgesprungen und überholte sie.

»Ich mache das«, sagte sie. »*Ich* heize Nooas Feuer an.«

Franzi verdrehte die Augen. »Es ist nur ein Feuer, Dörte, keine Geburtstagstorte für Nooa.«

Dörte ließ sich nicht beirren. Sie warf so viele Scheite auf, dass die Flammen beinahe erstickt wären. Es war wirklich lächerlich, aber Franzi verlor trotzdem kein weiteres Wort darüber.

Etwas später war es endlich so weit – Nooa kam zurück. Er sah ein wenig verfroren aus und Dörte stürmte ihm sofort entgegen.

»Gehen wir zum Kamin, da ist es schön warm. Ich hab mich die ganze Zeit um das Feuer gekümmert.«

Nooa warf einen Blick auf die riesige Holzpyramide. »Das sehe ich. Du hast es gut mit uns gemeint.«

»Hab ich doch gerne gemacht«, erwiderte Dörte, gerührt von dem, was sie als Kompliment verstanden hatte. Sie ging in ihrem Überschwang sogar so weit, sich bei Nooa einzuhaken, was der sich mit einem irritierten Blick über die Schulter zu Franzi gefallen ließ.

Eine Weile lang ließ Dörte ihn nicht mehr los, und als er sich auf das Sofa setzte, folgte sie ihm dorthin wie ein junges Hündchen. Das Mädchen, das früher kaum den Mund aufgemacht hatte, bekam plötzlich eine Art Sprechdurchfall. Sie textete Nooa mit allem zu, was ihr einfiel. Fand plötzlich die Hütte ganz toll, die Natur ganz toll, das Wetter ganz, ganz toll. Überhaupt fiel das Wort »toll« an die hundert Mal innerhalb von ein paar Minuten.

Franzi saß auf ihrem Stuhl und betrachtete das Schauspiel mit gemischten Gefühlen. Ein bisschen komisch war es schon, aber irgendwie war sie auch sauer auf Dörte. Das war echt too much. Auch Franzis stabiler Geduldsfaden hatte einen Zerreißpunkt, und der war beinahe erreicht.

»Ach so, Nooa«, platzte es aus Franzi heraus. »Mir fällt gerade ein, ich muss dir noch ganz dringend etwas sagen.«

»Was denn?«

»Ja, was denn?«, fragte Dörte spitz.

»Tut mir leid, ich kann es wirklich nur Nooa sagen.«

Okay, das war hart an der Grenze, fand Franzi. Aber Dörte kämpfte auch mit harten Bandagen. Außerdem sah Nooa tatsächlich aus, als könnte er eine Verschnaufpause gebrauchen. Sofort ging er darauf ein.

»Na gut, ich schlage vor, dass Franzi mir noch unter vier Augen sagt, worum es geht, und dann gehen wir alle schlafen. War ein langer Tag.«

»Jetzt schon?«, rief Dörte. »Ist doch noch nicht einmal neun.«

»Auf dem Land gehen wir früh schlafen.«

Nooa löste sich so behutsam wie möglich von Dörte, die für ihren linken Arm eine neue Bestimmung gefunden hatte, nämlich ihn mit Nooas rechtem Arm zu verschränken. Nooa stand auf, und Dörte blieb gar nichts anderes übrig, als ebenfalls aufzustehen, denn es war ja schließlich seine Hütte und sie war darin nur Gast.

»Dann gute Nacht, Dörte. Es war ein sehr schöner Abend und das Feuer hält die Hütte bestimmt die ganze Nacht warm. Danke noch mal und bis morgen dann.«

Dörte war ganz kurz verdattert, aber sie nahm Nooa den plötzlichen Abschied nicht übel, was Franzi ihrem schwärmerischen Blick entnehmen konnte. Franzi hingegen wurde von einem pfeilscharfen Blick durchbohrt.

Nooa schloss die Tür und blieb einen Augenblick in dieser Haltung stehen. Sie waren jetzt allein und die Kulisse war wie in einem alten Kitschfilm: die rustikal eingerichtete Blockhütte, das knisternde Kaminfeuer, der junge Mann, die junge Frau ... Aber kitschig oder nicht – Franzi war furchtbar aufgeregt.

»Also, worum geht es?«, fragte Nooa.

»Worum es geht?«

»Du hast gesagt, du musst mir was erzählen.«

»Oh, das hatte ich fast vergessen.« Sie musste sich jetzt wirklich ein bisschen konzentrieren, sonst würde sie wie Dörte enden, als lächerliche, unreife Ausgabe eines verknallten Teenies.

»Es geht um Robby«, sagte sie. Zwar hatte sie die Geschichte nur als Vorwand benutzt, aber jetzt musste sie sie auch erzählen. »Ich habe beobachtet, wie er Frösche an Äste gebunden und Dartpfeile auf sie geworfen hat. Ich sage es nur, weil … weil …«

»Weil wir es gerade mit seltsamen Vorkommnissen zu tun haben«, ergänzte Nooa.

»Ja.«

Er nickte und löste sich von der Tür, ging auf sie zu. »Gut, dass du mir das sagst. Im Moment kann jede Information hilfreich sein. Du und ich, wir müssen Robby im Auge behalten. Aber Tarek und Marc auch. Ich weiß nicht, wie ich die unter Kontrolle halten soll. Mit achtzehn habe ich mir auch nichts mehr sagen lassen, weder von den Eltern noch von meinem Bruder. Er war ungefähr so alt, wie ich heute bin. Kein Wunder, dass keiner auf mich hört.«

»Das ist nur Tarek. Wenn der nicht wäre, würden sie kuschen wie Schafe, wenn der Hund auf der Bildfläche erscheint.«

Er stand jetzt direkt vor Franzi, und weil er etwas größer als sie war, ging sein Blick auf sie herab.

»Schöner Vergleich«, sagte er. »Bist du auf dem Land groß geworden, so wie ich?«

»Kann man so sagen«, seufzte sie. »Im Allgäu.«

»Oh, ein Kind der Berge, ja?«

»Du kennst dich echt gut in Deutschland aus, was? Ich wünschte, ich könnte dasselbe über meine Kenntnisse der finnischen …«

Er berührte Franzi am Arm, und in diesem Moment wusste sie, dass sie alles richtig gemacht hatte. Ihr langes, verschämtes Zögern, ihre kurzen, aber interessierten Blicke, ihr kleiner Trick, mit dem sie Dörte losgeworden war – das alles war richtig. Na ja, richtig war vielleicht das falsche Wort. Obwohl – nein, es stimmte. Das alles stimmte. Auch der Kitsch, das Kaminfeuer, einfach alles. Wenn sie ehrlich war, hatte sie sich das immer genau so vorgestellt, aber natürlich hätte sie das niemals zugegeben. Heutzutage war doch eher ein Kingsize-Bett in einem Wellnesshotel angesagt. Oder ein cooles Date im Wohnwagen. Aber bestimmt keine Blockhütte in den finnischen Mooren mit einem Rentierfell auf dem Boden vor dem Kamin.

»Liege ich richtig, wenn ich sage, dass ...« Nooa unterbrach sich. »Dass es seit Tagen zwischen uns knistert wie in diesem völlig überladenen Kamin?«

Sie lachte kurz auf und sah zu Boden. War Lachen in einem solchen Moment erlaubt?

»Ja«, sagte sie. »Allerdings … Bei mir lodert es eigentlich mehr, als dass es knistert.«

War das blöd? Durfte man so was sagen? Herrje, wenn sie nur im gleichen Alter wäre wie Nooa. Sechs, sieben Jahre, das war eine ganze Menge an Erfahrung, die ihr Nooa voraushatte – mehrere Beziehungen, das Leben in einer eigenen Wohnung, finanzielle Unabhängigkeit …

Nooa legte seine Hände auf ihre Schultern. Mit leichtem Druck, der gerade noch so fest war, dass sie ihn als angenehm empfand, führte er sie vor den Kamin, wo sie sich beide niederließen. Von der Sekunde an hatten alle Fragen ein Ende. Franzi dachte nicht mehr nach. Alles geschah einfach. Und so, wie es geschah, war es hundertprozentig richtig.

Er zog sie aus und sie zog ihn aus. Sie sprachen nicht mehr. Worte hätten nur gestört.

Nooas Haut war warm und roch angenehm holzig. Seine Locken kitzelten in Franzis Gesicht, und sie war im Übermut versucht, nach der größten von ihnen mit dem Mund zu schnappen. Aber bevor sie es tun konnte, umschlossen Nooas Lippen die ihren, sie küssten sich, und Franzi merkte, wie sich ein warmes Gefühl in ihr ausbreitete. Dann bohrte sie ihre Nase in Nooas Hals und atmete seinen Duft tief ein. Seine Hände waren plötzlich überall, streiften langsam und sanft über ihre Haut, ihren Körper entlang nach unten. Alles um sie herum verschwamm, und sie fühlte sich wie losgelöst, als würde sie schweben, weg von allem, was ihr Angst machte, gemeinsam mit Nooa, *ihrem* Nooa. Ihr Atem wurde schneller. Nooa lächelte sie an und streichelte eine Strähne aus ihrem Gesicht. Endlich waren sie vereint.

JANA

Isabel kehrte ziemlich angesäuselt von ihrer Wodka-Tequila-plus-sonst-was-Party in unser gemeinsames Zimmer zurück. Sie konnte noch gerade stehen, taumelte nur ganz leicht, aber ich glaube nicht, dass sie noch einen Dreisatz hätte rechnen können. Okay, musste sie ja nicht. Aber mir auf die Nerven gehen musste sie auch nicht, ist sie aber trotzdem. Hat gegickelt wie ein Huhn mit Schluckauf, während sie sich eine Viertelstunde lang die Haare kämmte. Hat irgendwelche Songs von Boygroups gesummt, ich kenne mich da nicht so aus.

Ich wollte einfach nur schlafen und fragte: »Kannst du das nicht im Bad machen?«

»Könnte ich«, hat sie geantwortet. »Aber darüber würdest du dich nicht ärgern.«

So ein Miststück. Am liebsten hätte ich ihr irgendwas ins Bett gelegt, eine Kreuzotter vielleicht, so ähnlich wie man das mit der Blindschleiche bei ihrem Freund gemacht hatte. Aber erstens ließ sich eine Kreuzotter nicht so einfach aus dem Hut zaubern, und zweitens hätte mir die Kreuzotter leidgetan, weil Isabel die garantiert giftigere Schlange war.

Ich überlegte mir ernsthaft, Dörte zu fragen, ob sie mit mir tauschen wollte. Okay, keiner geht freiwillig mit Isabel in ein Zimmer, es sei denn, man ist genauso drauf wie sie. Doch zwischen Dörte und Franzi stand es nicht mehr zum Besten. Die hatten in den zwei Stunden, die wir mit Lasse in Nooas Hütte verbracht hatten, kein einziges Wort miteinander geredet. Es gab also eine Chance, die gute Dörte zu einem Tausch zu bewegen.

Kurzerhand stand ich aus den Federn auf, zog mir was Dickes über – denn in den Hütten war es arschkalt – und ging aus dem Zimmer. Das von Dörte und Franzi war nur ein paar Meter über den Gang entfernt. Gerade wollte ich klopfen, als ich hörte, wie Dörte herumschrie.

Dörte schreit – ehrlich, das hätte ich eher von einer Nonne im Schweigegelübde erwartet. Was genau konnte ich allerdings nicht verstehen. Das klang eher, als hätte jemand sie auf die Streckbank gelegt.

Das war wohl nicht der richtige Moment, um zu stören. Oder gerade der richtige Moment? Ich war mir unsicher, und noch während ich überlegte, riss Dörte die Tür auf.

Um zu verstehen, wie perplex ich war, muss man wissen, wie Dörte sonst aussieht. Ihr Haar, das irgendwie weder braun noch blond ist, bindet sie mit einem Plastikteil zu einem Pferdeschwanz, und ihr Gesichtsausdruck scheint immer auszudrücken: *Ich bin hoffentlich unsichtbar, ihr könnt mich nicht sehen, oder etwa doch?* Wie ein scheues Nagetier sieht sie aus – und ihre leicht hervorstehenden Schneidezähne verstärken diesen Eindruck. Nun aber stand sie mit offenen Haaren und einem halbirren Blick vor mir. Sie sah mich an, knöpfte ihr Nachthemd zu, strich sich die Strähnen aus dem Gesicht und ging an mir vorbei ins Freie. Draußen hatte es Minusgrade und es schneite noch immer.

»Wohin will sie denn?«, fragte ich Franzi, die bedrückt aussah und ratlos mit den Schultern zuckte. »Soll ich ihr nachgehen?«

»Wäre nett«, antwortete sie. »Vielleicht hört sie ja auf dich.«

»Geht es um Nooa?«

»Sie ist verliebt.«

»Da ist sie offenbar nicht die Einzige.«

Innerlich verdrehte ich die Augen. Nun waren also auch Dörte und Franzi unter die hysterischen Weiber gegangen, die nur Jungs im Kopf hatten. Echt schade. Ich war also die letzte Vernünftige in diesem Biwak, denn die anderen Mädchen waren entweder besoffen vom Alkohol oder von ihren eigenen Hormonen. Warum waren wir nicht gleich statt zu einem Biologieprojekt zu einer Filmpremiere mit Elyas M'Barek live gegangen?

Ist ja nicht so, dass ich mit Liebe nichts anfangen könnte. Ich habe auch schon mal einen Jungen zu meinen Eltern nach Hause mitgebracht. Wir sind zusammen in die Tanzschule gegangen, waren im Kino und so weiter. Und natürlich sind wir auch … haben wir … Aber ich habe mich nie aufgeführt, als hätte man mir das Hirn amputiert.

Ich bin dann also vor die Tür gegangen, auf die kleine Veranda der Hütte, und habe nach Dörte Ausschau gehalten. Es war stockdunkel, wie man es aus Deutschland nicht kennt, wo ja überall Straßenlaternen herumstehen. Da war nichts zu sehen. Kein Mond, keine erleuchteten Fenster, kein Mensch, noch nicht einmal Bäume. Einfach nur Schwärze mit weißen, zu Boden schwebenden Punkten. Nach einer Minute hielt ich es in der Kälte nicht mehr aus.

Gerade als ich mich umdrehte, um in die Hütte zurückzukehren, kam Isabel raus. Sie trug einen engen neongrünen, phosphoreszierenden Thermo-Skianzug, der wie eine zweite Haut anlag, und Stiefel. Offenbar hatte sie sich auf jedes Wetter vorbereitet – und deswegen drei Koffer dabeigehabt.

»Was bist du jetzt, ein Leuchtturm oder ein Glühwürmchen?, fragte ich.

»Geh brav ins Zimmer und lerne fürs Leben, Spaßbremse.«

So verabschiedeten wir uns, als wahre Freunde. Sie zündete sich eine Zigarette an und entschwand in die Nacht. Ihr Skianzug leuchtete noch, als sie schon vollkommen von Finsternis umgeben war.

Das war das letzte Mal, dass ich sie sah.

Dass Isabel verschwunden war, wurde erst spät bemerkt. Die Jungs dachten, sie wäre noch breit von der Party, und Jana, die als Erste hätte raffen müssen, dass irgendetwas nicht stimmte, dachte, sie wäre zu Tarek in die Koje geschlichen. So kam erst gegen elf Uhr am nächsten Vormittag heraus, dass Jana die Letzte war, die sie gesehen hatte. Noch immer schneite es, sodass Nooa vergeblich versuchte, Spuren im Schnee zu finden. Alles Rufen verhallte ohne Antwort, und eine Stunde später musste man sich eingestehen, Isabel verloren zu haben. Nur wusste man nicht, an was oder wen. So wie die Lehrer, hatte auch Isabel sich einfach aufgelöst.

Franzis Herz zersprang fast vor Mitgefühl, wenn sie Nooa ansah. Die Selbstvorwürfe standen ihm ins Gesicht geschrieben. Jede einzelne Frage, die er sich selbst stellte, konnte sie ihm von den Augen ablesen. Hätte er nicht doch die Party platzen lassen sollen? Es zumindest versuchen müssen? War er zu schwach, zu wenig durchsetzungsfähig? Hätte er nicht doch selbst nach Joensuu fahren müssen, anstatt Mrs Greenwood diesen Job machen zu lassen?

Es ist nicht deine Schuld, versuchte sie ihm stumm, nur durch Blicke zu sagen. Aber Franzi wusste aus eigener Erfahrung, dass tröstende Gesten in solchen Fällen kaum halfen. Sie war ja auch jemand, der das Versagen immer hauptsächlich bei sich selbst suchte.

An Dörte gewandt, fragte Franzi: »Hast du letzte Nacht vielleicht irgendetwas gesehen, als du draußen warst?«

Dörte sah sie mit zusammengekniffenen Augen an. »Nein. Was willst du denn damit andeuten?«

»Gar nichts, ich dachte nur … Es hätte ja sein können. Du warst immerhin eine halbe Stunde lang draußen.«

Franzi war noch wach gewesen, als Dörte mit nassen Haaren

und zähneklappernd zurückkehrte. Allerdings hatte Franzi so getan, als ob sie schliefe, um einer weiteren Konfrontation aus dem Wege zu gehen. Den ersten Streit, an der Beobachtungsstation, hatte Franzi ja noch einigermaßen beilegen können, aber am Abend war es drunter und drüber gegangen. Es kam Franzi vor, als wäre bei dem Mädchen ein Schalter umgelegt worden und sie wäre nun ein anderer Mensch. Sie hatte von Franzi verlangt, sich aus ihrer »Beziehung« zu Nooa herauszuhalten. Franzi hatte kurz über dieses Wort geschmunzelt, woraufhin Dörte völlig ausgeflippt war.

Jetzt wirkte Dörte wieder so wie immer. Wortkarg, spröde, unscheinbar, und wenn Franzi behauptet hätte, Dörte habe noch eine andere, eine wilde Seite, hätten sie alle ausgelacht. Nur Jana nicht. Franzi war froh, dass noch jemand die andere Dörte erlebt hatte, wenigstens für einen Moment. Denn Franzi glaubte nicht, dass der gestrige Ausbruch eine einmalige Sache bleiben würde, und zwar gerade *weil* Dörte sich dermaßen bemühte, normal zu erscheinen. Doch eine Frage wie »Was willst du denn damit andeuten« wäre der alten Dörte nie über die Lippen gekommen.

»Andere verbringen eine halbe Stunde im Badezimmer«, rechtfertigte Dörte sich schnippisch, »und ich halt im Freien.«

»Wenn es im Badezimmer schneien würde und stockdunkel wäre, würde keiner eine halbe Stunde da drinbleiben«, konterte Franzi.

Ein paar Sekunden lang schwiegen alle.

Tarek war bislang still geblieben. Überraschend eigentlich, da es um seine Freundin ging und er sonst nicht auf den Mund gefallen war. Bei jedem anderen hätte man es auf den Kater schieben können, aber Tarek war trinkfest und gut mit Schmerzmitteln ausgerüstet. War er einfach nur geschockt über Isabels Verschwinden? Hatte er ein schlechtes Gewissen wegen der Sauferei? Wusste er vielleicht sogar etwas über Isabels Verschwinden? Franzi glaubte etwas ganz anderes – dass Tarek mit der Situation einfach überfordert war. Er war es gewohnt, eine Rolle zu spielen, die des Babo. Natürlich entsprach diese Rolle zum Teil seinem Charakter und Selbstbild, aber sie war auch aufgesetzt. Außer dem Geld seines Vaters, den Muskeln und Kampftechniken hatte Tarek keine Pfeile im Köcher. Die meisten seiner Mitschüler hatten im Grunde viel mehr drauf als er, sie waren Computerfreaks, Zahlengenies, spielten Musik oder Theater, lasen viele Bücher, schrieben für die Internatszeitung … Er war ihnen in vielerlei Hinsicht nicht gewachsen. Aber er war in einem Alter, wo das noch nicht so auffiel, wo oft noch andere Dinge zählten: Coolness, Körperkraft und entschlossenes Auftreten. Ein prall gefülltes Portemonnaie schadete ebenfalls nicht. Bis zum Abitur würde er daher wohl weiterhin einen auf Babo machen können. Als Nooa sagte, dass sie zusammenhalten und in Ruhe überlegen und besprechen müssten, was zu tun sei, wurde Tarek plötzlich munter.

»Da gibt's nix zu überlegen«, rief er laut. »Der alte Zausel, dieser Ranger, hat Isabel entführt. Sie hat mir selbst gesagt, dass er sie beobachtet hat, als sie gestern vor seiner Hütte warten musste. Der Sack hat sie sich geschnappt und wir müssen sie befreien.«

»Moment, Moment«, versuchte Nooa zu beschwichtigen. »Es stimmt, dass Arttu zum Fenster rausgeschaut und Isabel gesehen hat. Aber das heißt nicht, dass –«

»Write a book, Alter«, unterbrach ihn Tarek. »Dein ewiges Geschwafel ist ja nicht auszuhalten. Wir müssen handeln, nicht labern.« Nooas Tonfall wurde energischer. »Hier unternimmt keiner was ohne meine Zustimmung. Damit das mal klar ist!«

»Ich lass mir nur von *einem* Menschen was sagen, u
mein Vater. Ich kann ihn hier nirgends sehen.«

»Wir sind im Camp von *meiner* Behörde, ich bin der Ver
der Behörde und du hältst dich an die Vorschriften.«

»Vorschriften! Behörde! Ey, du nervst, Alter. Hast du Tomaten auf den Augen? Oder die Fischeier, die ihr hier so gerne esst? Keiner hält zu dir, außer vielleicht ein paar Mädels, und die zählen nicht. Robby, Marc, seid ihr dabei?«

Die beiden Jungs nickten und stellten sich demonstrativ hinter Tarek.

»Siehst du, kleiner Finne, du hast hier nichts mehr zu melden. Du zeigst uns jetzt den Weg zu der Hütte von dem Zausel und dann holen wir Isabel da raus.«

Nooa stellte sich vor die Tür. »Ich werde zu Arttu gehen – allein. Falls ihr recht habt, hole ich euch zur Verstärkung. Ansonsten lassen wir Arttu in Ruhe.«

»Stehst du etwa auf der Seite von dem Zausel, dem Verbrecher?«

»Ich bin kein Freund von ihm, aber wir wollen erst einmal rausfinden, was wirklich passiert ist, und dann reagieren.«

»Hört euch den an!«, rief Tarek lachend. »Er hat's immer noch nicht kapiert.«

Tarek ging unbeeindruckt auf die Tür zu, die Nooa blockierte, wurde aber von Nooa zurückgestoßen.

»Du fasst mich nicht noch mal an, Finne. Ist das klar? Letzte Warnung!«

Erneut versuchte Tarek, Nooa beiseitezuschieben, und wieder wurde er daran von ihm gehindert. Nun *musste* Tarek handgreiflich werden, um das Gesicht nicht zu verlieren. Doch er wollte es auch. Man konnte ihm ansehen, dass er sich darauf freute, dem älteren Kerl, den er von Anfang an nicht hatte leiden können, eine Abreibung zu verpassen.

Er ballte die Faust und schmetterte sie Nooa entgegen. Der jedoch wich aus, packte blitzschnell Tareks Arm und schleuderte den Angreifer mit einem Schulterwurf zu Boden. Tarek landete auf seinem Rücken. Noch bevor der Kampfsportler mit der großen Klappe irgendetwas tun konnte, schlang Nooa ihm schon von hinten den rechten Arm um Nacken und Hals und nahm Tarek mit dem linken Arm in den Polizeigriff.

Tarek stöhnte vor Schmerz auf. Er versuchte sich zu befreien, doch Nooas Griff war unerbittlich. Nach einer Minute vergeblichen Widerstands gab Tarek auf – wohl nur deswegen, weil er sonst bewusstlos geworden wäre. Sein Kopf war schon bedenklich rot, als Nooa ihn freiließ.

Robby und Marc hatten nicht eingegriffen. Marc sowieso nicht, denn er gehörte streng genommen nicht zu Tareks Clique und hatte sich nur deswegen auf seine Seite geschlagen, weil er am Abend vorher zu Wodka und Tequila eingeladen worden war und er Tarek nicht zum Feind haben wollte. Was Robby anging, so hatte er mal kurz gezuckt, es sich dann aber anders überlegt. Sicherlich war er genauso überrascht wie Tarek selbst, dass Nooa mehr draufhatte, als Moore aufzustauen und Libellen zu zählen.

Tarek lag am Boden und hustete. Er war geschlagen, vielleicht zum ersten Mal in seinem Leben, und alle hatten es mit angesehen.

***

Während des Streits war der Schneefall sogar noch heftiger geworden, dazu wehte ein eisiger Wind. Nooa fand, dass es viel zu gefährlich wäre, bei diesem Wetter die Suche nach Isabel fortzusetzen. Franzi stimmte ihm zu, aber es war auch ein komisches Gefühl, gar nichts zu unternehmen.

Als er mit Franzi unter vier Augen in seinem Zimmer war, sagte er: »Sobald sich das Wetter auch nur ein bisschen bessert, schnalle ich mir die Skier an und mache mich auf den Weg nach Joensuu.«

»Würde es nicht reichen, wenn du nur mal kurz bei der Hütte deines Kollegen vorbeigehst, anstatt gleich die Gewalttour nach Joensuu zu machen?«

Er streichelte ihre Wange.

»Leider nicht, Franzi. Es gibt nur zwei Möglichkeiten: Entweder ist Isabel nicht bei Arttu, dann wäre der Weg ganz umsonst. Oder sie wird gegen ihren Willen dort gefangen gehalten, dann habe ich gegen Arttu keine Chance.«

»Sag das nicht. So wie du Tarek umgelegt hast, das war schon beeindruckend.«

Er schüttelte den Kopf. »Das war etwas anderes. Ich war in der Schule Ringer und beherrsche noch ein paar Würfe. Das nutzt mir bei Arttu, seinem Gewehr und seinem Hund so gut wie nichts. Hier ist etwas faul, da sage ich dir bestimmt nichts Neues. Wir müssen so schnell wie möglich das Camp verlassen, aber bei diesem Wetter geht das nicht.«

Natürlich nicht, dachte Franzi. Sie würden nicht weit kommen und unterwegs einer nach dem anderen vor die Hunde gehen. Für Schnee und Eis waren sie überhaupt nicht ausgerüstet. Wenn man sich überlegte, dass Isabel ihren halben Koffer mit Hotpants vollgestopft hatte … Und auch Franzi selbst hatte keine wirklich wintertauglichen Sachen dabei. Zwar hatte sie es sich vor der Reise kalt in Finnland vorgestellt, aber nicht *so* kalt.

Da war es sicherer, im Biwak zu bleiben, auch wenn einer nach dem anderen verschwand.

»Und was machen wir, bis es endlich zu schneien aufhört?«, fragte sie.

Er umarmte und küsste sie. In seinen Armen fühlte sie sich unendlich wohl und sicher, dort konnte ihr nichts etwas anhaben, keine Kälte, keine Sorgen, keine Angst.

»Wir machen es uns so gemütlich wie möglich. Etwas anderes können wir nicht tun.«

»Du meinst … Wir beide … Jetzt?«

Er lachte. »Nein, so habe ich das nicht gemeint. Verlockend wäre es schon, aber – nein, das ist nicht der richtige Augenblick.« Er drückte sie noch einmal fest an sich. »Aber schön war es gestern. Du und ich …«

»Ja«, seufzte sie sehnsuchtsvoll. Was für eine wunderbare Stunde war das gewesen, und wie gerne hätte Franzi sie verlängert, ausgedehnt auf die ganze Nacht, eine ganze Woche, ein Jahr, immer. Aber zumindest was die Nacht anging, war das unmöglich gewesen. Nooa konnte nicht einfach so eine Schülerin, deren Aufpasser er gewissermaßen war, in seiner Hütte schlafen lassen. Weder die Lehrer noch seine Behörde hätten das toleriert und irgendjemand hätte sie bestimmt verpfiffen. Nooa hatte sich nicht unbedingt nur Freunde gemacht. Er musste sich vor Tarek vorsehen und Franzi vor Dörte.

»Kannst du vielleicht mal mit Dörte sprechen«, bat sie ihn. »Wir müssen ihr irgendwie schonend beibringen, dass wir – also du und ich – dass wir …«

»Ein Paar sind?«, ergänzte er.

Sie hatte gehofft, dass *er* es aussprechen würde, nicht sie. Wir sind ein Paar – das hörte sich gut an. Im Geiste hatte sie sich diese Worte immer wieder vorgesagt, bestimmt an die tausend Mal, aber aus Nooas Mund klangen sie überzeugender.

»Und wie bringt man ihr das schonend bei?«, fragte er.

»Vielleicht könnten wir uns an der Hand halten oder umarmen, wenn sie dabei ist.«

»Das nennst du schonend?«

»Na ja ...«

»Ich glaube, es ist doch besser, ich rede mit ihr«, sagte er. »Schließlich habe ich ihr versehentlich Hoffnungen gemacht, jetzt muss ich die Sache halt auch wieder geradebiegen. Wir haben hier schon genug Probleme, da kann ich wenigstens dieses kleine aus der Welt schaffen. Bei Gelegenheit werde ich also ...«

Sie wurden von Robby gestört, der ohne anzuklopfen in Nooas Schlafzimmer kam.

»Ach, hier bist du, Nooa. Ich hab mich gefragt ... Ich hab mir gedacht ... Also, ich fände es cool, wenn du mir ein paar deiner Griffe, Würfe und so beibringst. War echt der absolute Hammer, wie du Tarek auf die Bretter geschickt hast.«

Nooa überlegte einen Moment. »Klar, warum nicht. Wir können im Wohnzimmer üben.«

Franzi fand es schade, dass ihr intimes Gespräch mit Nooa so abrupt unterbrochen worden war, aber andererseits war es gut, dass Robby sich von Tarek löste und zu Nooa überlief.

»Gut«, seufzte sie. »Dann werde ich uns allen auf dem Gasbrenner ein paar Konserven aufwärmen. Wenn wir hungrig bleiben, ist keinem geholfen.«

Während sie etwas zusammenrührte, dass man mit viel Fantasie ein Chili con carne nennen konnte, fand Nooa in Robby einen neuen Freund. Ein Tierquäler war nicht gerade ein toller Freund, doch den Luxus, sich die Freunde auszusuchen, konnte Nooa sich nicht leisten. Marc war schwer einzuschätzen, aber wenn auch er sich von Tarek distanzieren würde, wäre der Hitzkopf isoliert.

Nach nur einer halben Stunde Training fühlte Robby sich schon wie Superman, und als Tarek und die anderen zum Essen kamen, setzte Robby sich demonstrativ neben Nooa, und während der Mahlzeit sprach Robby voller Begeisterung von Nooas Qualitäten als Ringer.

Tarek schwieg. Überhaupt redete eigentlich nur Robby, der vergessen zu haben schien, dass inzwischen auch Isabel verschwunden und irgendwo da draußen war.

Als Franzi einen Blick zum Fenster warf, bemerkte sie, dass es aufgehört hatte zu schneien, und ein dicker Sonnenstrahl fiel auf ihr Gesicht.

***

Nooa schloss den Anorak, zurrte den Rucksack fest und zog sich die Kapuze über. Auf sein Zeichen hin öffnete Franzi das Tor des Schuppens. In den wenigen Minuten, die sie dort drinnen verbracht hatten, waren ihre Abdrücke im Schnee bereits wieder verschwunden. Ein regloser Körper wäre in weniger als einer Stunde unter der weißen Pracht begraben.

»Pass auf dich auf«, sagte sie. Dicke Flocken wehten ihnen nun erneut in die Gesichter, die jetzt ganz nahe beieinander waren.

»Es ist verrückt«, erwiderte er. »Euer Besuch bringt mir so viel Ärger und Aufregung wie keiner zuvor – trotzdem bin ich unglaublich froh, dass ihr hier seid. Dass du hier bist.«

Franzi ging es genauso. Drei spurlos verschwundene Personen, der ganze Zoff, die Angst – aber sie konnte einfach nicht anders, als glücklich zu sein.

»Wenn das hier vorbei ist«, sagte sie, »fahren wir irgendwohin, wo es nicht schneit.«

Er lächelte. »Versprochen.«

Auf den Kuss, den er ihr gab, hätte sie gerne noch etwas erwidert, aber bevor sie richtig reagieren konnte, war Nooa bereits in das unendliche, perfekte, von der Sonne grell erleuchtete Weiß der Landschaft eingetaucht.

Als er nicht mehr zu sehen war, wurde Franzi plötzlich von einer Angst überrollt wie von einer Lawine, der Angst, Nooa nie wiederzusehen.

ADEM

Wir waren Sandkastenfreunde. Ehrlich, da habe ich ihn kennengelernt, im Sandkasten. Sein Vater und meiner hatten geschäftlich viel miteinander zu tun, außerdem wohnten wir quasi um die Ecke, und da war es ganz normal, dass man die etwa gleichaltrigen Söhne zusammenbrachte und miteinander spielen ließ. Tareks Vater wollte außerdem nicht, dass der mit Hinz und Kunz Umgang hat – oder besser gesagt mit Ali und Baba. Der muslimischen Community stand der alte Herr ein bisschen skeptisch gegenüber. Wegen seines Vermögens bettelten ihn alle an, da zog er sich zurück und wollte möglichst wenig mit denen zu tun haben. Meine Familie hingegen war der seinen in Bezug auf Geld, Erfolg und Weltanschauung ähnlich. Tja, so kam das. Unsere Freundschaft wurde uns sozusagen von den Umständen diktiert.

Ich weiß nicht, ob es jemals eine Zeit gab, in der Tarek und ich uns gegenseitig so richtig gemocht haben. Dafür waren wir zu verschieden. Er war immer ein Draufgänger, ein Bestimmer. Wenn er ein Spielzeug von mir haben wollte, hat er zuerst gefragt, und wenn ich Nein gesagt habe, hat er es sich trotzdem genommen. Natürlich haben seine Eltern dafür gesorgt, dass er es zurückgab, aber … Wie soll ich sagen? Als sein Spielgefährte war man ihm gegenüber immer in der Defensive. Ich bin nie wirklich warm mit ihm geworden.

Trotzdem haben wir viel Zeit miteinander verbracht. Er hat sie wahrscheinlich mehr genossen als ich, weil er immer jemanden brauchte, dem er zeigen konnte, was er draufhatte. Er kletterte auf die höchsten Bäume, auf die ich ihm nur zur Hälfte folgen konnte und wollte, setzte auf dem Bolzplatz alles daran, mir den Ball abzujagen, womit er meistens Erfolg hatte, und entwickelte einen riesigen Ehrgeiz, mich in jedem Computerspiel zu schlagen. Er war halt einfach anstrengend.

Ärger gab es auch andauernd. Ich meine nicht zwischen uns. Er ist halt überall mit seiner Art angeeckt. Einmal waren wir zum Beispiel im Schwimmbad, das war so vor fünf Jahren, und er ist die Wasserrutsche runter. Unten angekommen, ist er dummerweise dort stehen geblieben, wo der Kanal ins Becken mündet. Logisch, jemand ist ihm voll in den Rücken rein, der konnte gar nicht anders. Der war zwei, drei Jahre älter als Tarek, aber Tarek hat sich so aufgeregt, dass er dem Älteren eins auf die Nase gegeben hat. Dass er selbst schuld war, hat er nicht eingesehen. So was wollte er nicht hören. Tarek hat laufend Mist gebaut und andere dafür verantwortlich gemacht.

Klar, er hat auch gute Seiten gehabt. Wenn ich mal Streit mit jemandem hatte, war er immer auf meiner Seite. Hat jemand was über mich gesagt, hat er ihn sich vorgeknöpft. Wir haben uns gegenseitig in der Schule geholfen, haben gemeinsam an unseren Mopeds herumgeschraubt … So gesehen waren wir schon ein Team. Aber wenn ich ehrlich sein soll, hätte ich mir für die fünfzehn Jahre, die wir uns kannten, einen besseren Freund als

Tarek gewünscht. Einen, mit dem ich wirklich auf einer Linie gewesen wäre.

Das hat mir jetzt zu sehr nach Vorwurf geklungen. Ich meine, er war halt so. Dafür kann er ja nichts. Aber ich war halt nicht so, und dafür kann ich auch nichts. Er und ich – wir passten nicht zusammen. Wir waren keine verschworene Gemeinschaft. Das war alles so erzwungen, und zwar von beiden Seiten. Kann man schon daran sehen, wie diese Freundschaft, die keine war, zerbrochen ist.

Und das kam so. Tarek hat sich gegenüber seinen zwei Schwestern – die eine ein Jahr jünger, die andere ein Jahr älter als er – immer wie ein Bodyguard aufgeführt. Keiner hat das von ihm verlangt. Sein Vater schon gar nicht, der war total aufgeschlossen, überhaupt nicht religiös, seine Töchter hatten die normalen Freiheiten, die ihre Klassenkameradinnen und Freundinnen hatten. Es gab auch keinen extremen Kleidungskodex oder so. Aber Tarek meinte, den Wächter spielen zu müssen. Wenn jemand seine Schwestern eine Sekunde zu lang anguckte, riss er sofort das Maul auf. Die meisten ließen sich von seiner herausfordernden Art beeindrucken und kuschten, und mit den anderen kam es zu Rangeleien, manchmal auch zu richtigen Prügeleien. Das war echt nervig, weil auch ich ein paarmal mit hineingezogen wurde. Mal von den blauen Flecken abgesehen, die ja auch nicht gerade toll waren – ich landete dadurch schon vor dem Schuldirektor, auf dem Polizeirevier, vor dem Richter.

Aber das eine Mal, von dem ich jetzt spreche, war ich zum Glück nicht dabei. Tarek war mit seiner älteren Schwester unterwegs. Ein Typ pfiff ihr nach. Tarek hat natürlich sofort kehrtgemacht und sich vor dem Typ aufgebaut. Das übliche Programm also. Seine Schwester hat gesagt, er solle das lassen, und wollte weitergehen. Nix da, das wäre Tarek wie ein Rückzug vorgekommen. Erst wollte er, dass der Typ sich entschuldigt.

Ich meine, auf die Entschuldigung von so einem kann man doch eigentlich verzichten, oder nicht?

So, und was passierte? Ein Kumpel von dem Typ tauchte auf, die Verstärkung. Und anstatt dass Tarek endlich einsah, wie bekloppt das war, und mit seiner Schwester das Weite suchte, machte er auf dicke Hose.

Es kam zu einem Fight. Tarek war zwar voll engagiert, aber gegen die zwei hatte er keine Chance. Seine Skills hat er ja erst später erworben. Diese Typen haben ihn echt geklatscht.

Er hätte einfach am Boden liegen bleiben sollen. Aber nö, jetzt erst recht. Er zieht ein Messer und verletzt den einen am Arm. Aber der andere haut ihm voll eine rein und Tarek liegt bewusstlos am Boden.

Als er wieder aufwacht, hört er ein Schluchzen. Noch halb benommen steht er auf und sucht nach seiner Schwester. Er findet sie hinter ein paar Mülltonnen. Sie ist halb nackt. Die sind ihr an die Wäsche.

Oh Mann.

Diese beiden Jungs, die hätten seine Schwester wahrscheinlich nicht angefasst, wenn er den Kampf vermieden hätte. Der Fight hatte die doch erst richtig mit Adrenalin und Testosteron vollgepumpt. Okay, juristisch hatte das Ganze für ihn kein Nachspiel, weil man es als Notwehr durchgehen ließ. Aber das war auch das einzige Glück im Unglück, denn in seiner Familie hatte er von da an verkackt. Die Eltern gaben ihm die Schuld und ließen ihn das auch spüren.

Er reagierte ganz typisch für ihn: *Ich habe alles richtig gemacht und würde es wieder so tun.* Dass seine Schwester echt daran zu knabbern hatte, raffte er überhaupt nicht oder wollte es nicht. Tarek meldete sich in einer Boxschule an, lernte Kampftechniken … Ein bisschen prollig war er ja schon immer gewesen, aber da wurde es richtig schlimm.

Ich rief ihn irgendwann einfach nicht mehr an und er rief mich nicht an. Nach fünfzehn Jahren. Seither habe ich ihn keine Stunde vermisst.

Traurig, oder?

Das Letzte, was ich von ihm hörte, war, dass die Eltern ihn in ein Internat schickten.

Und dann passierte diese scheußliche Sache in Finnland.

***

Einige Stunden lang verkroch sich Tarek in seiner Hütte wie ein geschlagener Hund, während die anderen beieinandersaßen und sich irgendwie beschäftigten. Einige spielten auf ihren Smartphones, andere lasen. Franzi saß einfach nur herum und schaute zum Fenster hinaus, als erwarte sie jeden Moment Nooas Rückkehr. Sie wusste, dass das unmöglich war. Er würde mindestens eineinhalb Tage brauchen – für den einfachen Weg.

Einen Abend und eine Nacht lang hielt der Friede. Am nächsten Morgen jedoch trat Tarek schon wieder auf, wie man ihn kannte.

»Das ist doch so was von behämmert, hier herumzuhocken, wenn Isabel unsere Hilfe braucht. Ich sage euch, der Typ hat sie sich gekrallt, und bis der Finne zurück ist, kann es zu spät sein. Ich gehe jetzt zur Hütte von dem Zausel, und wer noch ein bisschen Mumm in sich hat, der folgt mir.«

Normalerweise wäre Robby sofort aufgestanden, doch diesmal blieb er sitzen.

»Nooa hat gesagt, dass wir –«

»Seit wann machst du, was dieser kleine Scheißer sagt?«

»Seit ich nicht mehr mache, was du sagst«, konterte Robby frech, und Tarek brauchte einen Moment, um das zu verdauen.

»Es geht um Isabel, Alter«, sagte Tarek ungewohnt bittend. »Die braucht dich jetzt.«

Mit der Masche kriegte er Robby schließlich doch noch auf seine Seite.

»Was ist mit dir?«, fragte er Marc. »Bist du dabei?«

Marc zögerte. »Jemanden einfach so überfallen … Ich weiß nicht.«

Tarek ließ nicht locker. »Macht euch alle mal klar, in welcher Scheiße wir stecken. Und dieser Typ ist dran schuld. Er hat das Funkgerät zerschlagen. Warum hätte er das machen sollen, wenn er nicht irgendeine kranke Scheiße vorhätte, hm? Ey, denkt nach. Der Typ killt uns einen nach dem anderen, wenn wir nichts unternehmen.«

So überzeugte er auch Marc, und die drei Jungs zogen sich winterfest an.

Franzi überlegte. Sie konnte die Jungs nicht aufhalten, aber das Mindeste war, sie im Auge zu behalten. Daraufhin war auch Jana nicht wohl dabei, nur mit Dörte und Lasse zurückzubleiben, und so zogen sie zu fünft los. Tarek hatte seinen alten Status zurückerobert, zumindest vorübergehend.

Der Weg zu Arttu Rinnes Hütte war beschwerlich – wenn man es überhaupt Weg nennen konnte. Alles war zugeschneit, und sie mussten höllisch aufpassen, sich nicht aus den Augen zu verlieren und zu verirren. Das war nicht nur wegen des Schneetreibens und der Kälte gefährlich. Immerhin befanden sie sich in einem Moorgebiet.

War das Isabels Schicksal gewesen? Im Moor zu versinken, wie es Nooa beinahe passiert war? Doch wieso hatte sie sich in diese Gefahr begeben?

Oder hatte Tarek am Ende sogar recht? Im Grunde mussten sie das hoffen, denn hier draußen konnte Isabel bei diesen Temperaturen unmöglich überlebt haben.

Unterwegs bewaffneten die Jungs sich mit Ästen, die sie wie Baseballschläger schwangen, entweder, um die Kälte zu vertreiben oder um sich selbst Mut zu machen. Vielleicht machten sie es auch einfach nur Tarek nach. Sogar Jana wurde davon angesteckt und brach sich ein Zweiglein ab, mit dem sie allenfalls einem Gnom Angst gemacht hätte.

Als die verschneite Hütte des Rangers in Sicht kam, befahl Tarek, sich anzuschleichen. Keiner durfte mehr einen Mucks von sich geben. Das Auto des Hausherrn stand im Carport, der Hund war nirgends zu sehen.

Franzi hielt sich mit Jana im Hintergrund, als die Jungs langsam die drei Stufen zur Veranda hinaufstiegen und sich vor der Tür positionierten. Tarek gab das Zeichen, dass man bei drei in die Hütte stürmen sollte. Er vertraute darauf, dass die Tür nicht abgeschlossen war. In derart abgelegenen Gegenden war das in Finnland durchaus normal, wie Nooa selbst erzählt hatte. Eingebrochen wurde dort nicht – bisher jedenfalls.

Es gelang. Mit lautem Geschrei polterten Tarek, Robby und Marc in die Hütte. Was in den ersten Sekunden geschah, konnte Franzi nur ahnen – ein paar Stühle fielen um, der Hund bellte und jaulte einen Augenblick später auf, etwas brach zusammen, Glas splitterte, ein lautes, tiefes und lang gezogenes Stöhnen wie von einem Bären fuhr Franzi durch Mark und Bein, die Jungs riefen sich einzelne Worte zu – *hier, da, dort, pack ihn, hast du ihn* –, dann wurden die Rufe weniger, wurden leiser, verebbten schließlich …

Es war ganz still. Von drinnen war ein leises Keuchen zu hören.

Franzi wechselte einen Blick mit Jana. Sollten sie mal in der Hütte nach dem Rechten sehen? Schließlich fasste sich Franzi ein Herz.

Sie bereute es sofort. Ihr bot sich ein schrecklicher Anblick. Das Innere der Hütte sah aus, als wäre ein Tornado hindurchgefegt. Doch das Schlimmste war der am Boden liegende, zuckende Körper des Hundes. Die Zunge hing ihm aus dem Maul. Sein Schädel war regelrecht explodiert – ein anderes Wort dafür fiel Franzi nicht ein – und eine zähe Flüssigkeit floss langsam wie Sirup über den Boden.

Die drei Jungs saßen erschöpft auf dem Boden, in ihrer Mitte der benommene Riese, Arttu Rinne.

Etwas später saß der Ranger mit Schnürsenkeln gefesselt auf dem einzigen intakt gebliebenen Stuhl. Er war noch immer nicht ganz bei sich. Sein Kinn lag auf der Brust und der Kopf schwang leicht hin und her. Tarek packte den überwältigten Hünen an den langen, schmuddeligen Haaren und sah ihn zornig an.

»Wo ist Isabel? Was hast du mit ihr gemacht? Sag schon. Rede endlich!«

Eine ganze Minute lang ging das so, dann mischte Franzi sich ein.

»Ist dir schon mal der Gedanke gekommen, dass er kein Deutsch versteht?«

Tarek blickte sie irritiert an. Natürlich hatte er in der Hitze des Gefechts *nicht* daran gedacht.

»Isabel!«, schrie er den Ranger an. »Mädchen. Isabel. Wo ist Mädchen? Was du gemacht mit ihr?«

Franzi seufzte. »Ich glaube nicht, dass er dich jetzt besser versteht.«

»Misch dich gefälligst nicht ein. Davon verstehst du nichts. Das ist Männersache.«

»Du bringst die Männer in Verruf, wenn du so was sagst«, konterte Franzi spitz. Sie wusste selbst nicht, woher sie diese Frechheit nahm. Es musste an Nooas Einfluss liegen. Irgendwie fühlte sie sich als seine Vertreterin, solange er nicht da war.

»Außerdem gibt es von Isabel weit und breit keine Spur«, fügte sie hinzu und ließ ihren Blick noch einmal über das Chaos gleiten. »Nicht die kleinste.«

»Im Schuppen ist sie auch nicht«, sagte Jana, die von draußen hereinkam. »Da ist nur jede Menge Feuerholz gestapelt.«

»Durchsucht alles«, befahl Tarek seinen Mitschülern, und als Robby und Marc sich nicht sofort in Bewegung setzten, rief er: »Los! Macht schon!«

Aber sie fanden nichts, was auf Isabel schließen ließ.

»Vielleicht liegt sie gefesselt im Kofferraum des Autos«, fiel Tarek ein, woraufhin Franzi vor Schreck zusammenzuckte. Allein der Gedanke war furchtbar.

Doch wieder Fehlanzeige.

Inzwischen war Arttu Rinne etwas zu sich gekommen. Tarek stellte sich breitbeinig vor ihm auf und verpasste ihm eine schallende Ohrfeige.

»Du sagst mir jetzt sofort, wo sie ist.«

Franzi konnte sich dieses lächerliche und zugleich grausame Verhör einfach nicht mehr ruhig mitansehen. »Er versteht dich nicht. Wann geht das in dein Spatzenhirn rein?«

Er packte sie urplötzlich an den Handgelenken und blickte sie mit blitzenden Augen an. »Noch ein falsches Wort und du fliegst hier im hohen Bogen raus. Hast du mich verstanden?«

»Überraschenderweise mischte Marc sich ein. »Komm schon, Tarek, lass sie los. Dreh nicht durch. Sie hat doch recht. Wir können nicht einfach Leute fesseln und festhalten.«

»Was willst du Bambi denn schon wieder?«, fuhr Tarek ihn an. »Was denkst du wohl, was passiert, wenn wir den Typ jetzt freilassen? Der haut uns doch die Birnen ein. Wir ziehen das jetzt durch, verstanden? Ich schwör dir, sonst werd ich ...«

Er holte sich bei Marc ein nachgiebiges Nicken ab, dann fiel sein Blick auf Franzi. »Ob du mich verstanden hast?«

Franzi nickte. Ihre Handgelenke brannten wie Feuer, als Tarek sie losließ.

Von wegen Nooas Vertreterin. Sie konnte gar nichts gegen Tarek ausrichten, solange Robby und Marc zu ihm hielten. Da musste sie sich schon etwas anderes als trotzige Widerworte einfallen lassen.

»Er hat irgendwas mit Isabel angestellt und mit den Lehrern

auch«, behauptete Tarek, wahrscheinlich um sich und die anderen vollständig zu überzeugen. »Schaut ihn euch doch an. Das ist ein Wilder.«

Das stimmte, musste leider auch Franzi insgeheim zugeben. Arttus ganzes Aussehen und seine Wirkung waren derb, ungehobelt, bedrohlich. Er hatte fast überhaupt nichts Zivilisiertes an sich. Allein der Zustand seiner Zähne und Haare … Er gab das Bild eines Barbaren ab, der über alles herfällt, was er gerne haben möchte.

»Wir lassen ihn hier sitzen und suchen die Umgebung ab«, befahl Tarek. »Vielleicht gibt es noch eine andere Hütte, irgendeinen Unterschlupf, wo er Isabel gefangen hält. Franzi bleibt hier und passt auf ihn auf.«

»*Ich?*«, rief Franzi.

»Jetzt zick nicht rum. Ist ja das Mindeste, was du für Isabel tun kannst.«

Ehe Franzi noch etwas sagen konnte, schwärmten Tarek, Robby, Marc und Jana aus. Ja, auch Jana. Vielleicht reizte sie die Idee, als Isabels Lebensretterin dazustehen. Oder sie wollte ein einziges Mal keine Außenseiterin, nicht die Streberin sein, für die sie alle hielten. Und wenn sogar Jana sich für Isabel ins Zeug legte, wie konnte Franzi da Nein sagen. Sie war überhaupt nicht mit dem einverstanden, was Tarek getan hatte, aber es war nun mal passiert.

Nooa würde ganz bestimmt von ihr erwarten, dass sie Arttu Rinne sofort die Fesseln entfernte. Tarek und die anderen erwarteten hingegen, dass sie auf den Gefangenen aufpasste. Letzteres war im Grunde ein Verbrechen. Sie beteiligte sich gerade an einem Überfall auf jemanden, von dem man nicht wusste, ob er etwas Schlimmes getan hatte oder nicht. Ihr fehlte aber der Mut, Arttu zu befreien. Dieser Riese würde sich, gerade wenn er unschuldig sein sollte, doch bestimmt sofort rächen. Vielleicht würde er auf Franzi losgehen. Vielleicht würde er mit ihr machen, was die Jungs mit seinem Hund gemacht hatten.

Da bemerkte sie die Tränen, die von seinem Kinn auf die Hose tropften, eine nach der anderen wie bei einem undichten Wasserhahn. Zuerst dachte Franzi, dass seine Schmerzen ihn weinen ließen. Dann stieß er einen gedehnten, verzweifelten Seufzer aus. Kein körperlicher Schmerz, dachte Franzi, könnte einen solchen Seufzer hervorrufen. Mit wässrigen und zugleich brennenden Augen fixierte Arttu Rinne seinen Hund, der nur einen Meter von ihm entfernt auf dem Boden lag, fast zu seinen Füßen, und sich nicht mehr rührte.

Das alles war zu viel für Franzi. Sie schaffte es einfach nicht mehr dortzubleiben, egal was man von ihr verlangte. Sie wollte nur weg.

»Es tut mir leid«, sagte sie, ahnend, dass er sie nicht verstand, und ging.

Zum Glück war der Schneefall weniger geworden. Nach zwanzig Minuten war Franzi in Sichtweite des Camps. Genau in diesem Augenblick blieb sie abrupt stehen.

Das ist nicht richtig, sagte eine innere Stimme. *Du kannst nicht einfach so tun, als ginge dich das alles nichts an. Dich einfach so ins Bett zu legen und die Decke über den Kopf zu ziehen. Das ist genau das, was du immer gemacht hast. Willst du wirklich so eine Person werden? Was würde Nooa davon halten? Er würde dir zwar nie einen Vorwurf machen, aber insgeheim wäre er sehr enttäuscht von dir. Glaubst du, dass Arttu Rinne Isabel tatsächlich entführt hat? Nein? Dann weißt du, was du zu tun hast.*

Es fiel Franzi ungeheuer schwer, den ersten Schritt zurück zu machen, weg vom Camp, aber vorwärts konnte sie nicht mehr gehen, und inmitten von Wald und Schnee stehen zu bleiben, wäre auch nicht gerade klug.

Hoffentlich tue ich das Richtige, dachte sie unentwegt, während sie die ganze Strecke über in jene Fußstapfen trat, die sie zuvor hinterlassen hatte.

Als sie die Hütte des Rangers erneut betrat, war alles wie eine Dreiviertelstunde zuvor: Der Riese saß gefesselt auf dem Stuhl, sein Kinn war auf die Brust gesunken, der Hund lag reglos am Boden. Nur eine Kleinigkeit hatte sich verändert – das beschädigte Funkgerät stand nicht mehr an seinem Platz. Es war weg.

»Ich werde Sie jetzt losmachen«, sagte sie mit zittriger Stimme. »Aber Sie werden mir nichts tun, ja? Und den anderen bitte auch nicht. Wir – wir kaufen Ihnen einen neuen Hund. Ich weiß, dass ist nicht dasselbe. Aber Sie – Sie müssen uns verstehen. Drei unserer Leute sind verschwunden. Wir wissen nicht mehr weiter.«

Natürlich verstand er kein einziges Wort, aber Franzi hoffte, dass er dennoch merken würde, dass sie es gut mit ihm meinte.

Langsam näherte sie sich dem Gefangenen, trat hinter ihn. Seine groben Hände waren rot geschwollen, der Schnürsenkel war viel zu fest gezurrt worden. Ihn zu lösen, war gar nicht so leicht, aber Franzi gab sich einen Ruck und fing damit an.

»Bitte, bitte, flippen Sie jetzt nicht aus. Please, don't be angry. Ne vous énervez pas, s'il vous plaît. It was wrong – es war falsch, das mit Ihnen und Ihrem Hund zu tun. Aber Sie waren uns auch nicht gerade eine Hilfe. Nicht, dass ich Ihnen die Schuld geben will, aber Sie ... Ach, was soll's? Ich könnte Ihnen genauso was von Arithmetik erzählen, das wäre dasselbe.«

Der Knoten war gelöst. Nun musste nur noch die Beinfessel aufgeknotet werden.

»Schaffen Sie das allein?«

Langsam ging sie um ihn herum.

»Hey Sie, Arttu Rinne, wachen Sie auf.«

Er reagierte nicht.

Vielleicht war er bewusstlos und brauchte Hilfe. Sollte Sie seine Beinfessel lösen?

Vorsichtig streckte Franzi die Hand nach seiner Schulter aus und gab ihm einen Schubs.

Nichts, keine Reaktion.

»Bitte sehen Sie mich an. Können Sie mich hören?«

Noch einmal streckte sie die Hand nach ihm aus, berührte seine Schulter, berührte versehentlich eine Haarsträhne, die seine Augen verdeckte. Langsam strich sie sie hinter sein Ohr.

Die Augen waren geöffnet.

»Herr Rinne?«

Mit ihrer Hand bewegte sie den Kopf des Rangers zurück, bis er in den Nacken fiel.

Am Hals leuchteten hässliche, dunkelrot unterlaufene Würgemale und die Zunge hing ihm aus dem Mund wie seinem erschlagenen Rottweiler.

Franzi stieß einen Schrei aus und rannte hinaus. Arttus Auto, das im Carport stand, fiel ihr ein. Sie riss die Fahrertür auf. Zum Glück war der Jeep nicht abgeschlossen. Zum Glück steckte der Schlüssel. Und zum Glück hatte sie in den letzten Ferien die ersten Fahrstunden genommen.

Alles passte – bis auf Franzis Drehen des Schlüssels hin das Fahrzeug stumm blieb. Dasselbe, was mit Nooas Jeep passiert war. Doch Franzi war im Moment überhaupt nicht nach irgendwelchen Mutmaßungen. Sie hatte Angst. Arttu Rinnes Mörder war in der Nähe.

Sie stieg wieder aus und rannte atemlos bis zum Camp.

Dort wartete der nächste Schock auf sie.

ROBBY

Ich war das nicht! Es ist mir wurscht, dass er tot ist, er war ein hässlicher und gefährlicher Typ, total übel, aber ich hab ihn nicht abgemurkst! Klar?

Hört mir mit den Fröschen auf, verdammt. Was haben Frösche damit zu tun? Die Typen im Schlachthof schlitzen jeden Tag tausend Viecher auf, köpfen Hühner und Gänse und schneiden ja trotzdem nicht auf dem Nachhauseweg noch ein paar Leuten die Gurgel durch. Was soll der Scheiß? Okay, ich hab Dartpfeile auf Frösche geworfen. Meistens hab ich gar nicht getroffen. Das hat manchmal 'ne Stunde oder so gedauert, bis die alle tot waren. *Frösche*, okay? Keine Mitschüler, keine Lehrer, keine Engel, keine Modemacher, keine schlechten Schauspieler, keine Bayern-München-Fans, keine Helene-Fischer-Fans.

FRÖSCHE.

Scheiße, das macht doch jeder. Was ist mit den Leuten, die diese Klebedinger aufhängen, an denen Motten hängen bleiben? Das dauert oft einen ganzen Tag, bis die Motten tot sind. Und was ist mit den feinen Austernschlürfern? Und mit den Hummerfressern? Der Hummer wird lebend ins kochende Wasser geworfen. Und die Austern werden ja fast noch lebend runtergeschluckt. Ist doch so, oder? Und was ist mit allen, die Fleisch essen? Die treten ihren Mord doch irgendwie nur an andere ab. Schweine, Rinder, Kälber, Lämmer – Bolzenschuss, peng und tot. Meistens jedenfalls. Manchmal leben die noch, wenn man ihnen die Gedärme rausholt. Keine schöne Vorstellung, was?

Echt, ihr kotzt mich alle an. Das ist so was von scheinheilig! Ich esse vielleicht ein Mal in der Woche Fleisch, mehr nicht. Zu viel Fett. Ist schlecht für die Fitness. Fünfzig oder sechzig Mal Fleisch im Jahr, das ist nicht viel. Die meisten von denen, die sich über mein Froschspiel aufregen, sind am Tod von viel mehr Tieren schuld als ich.

Okay, warum mache ich das mit den Fröschen? Können wir ja drüber reden. Ehrlich gesagt, ich mach's, weil es kickt. Manche kickt's, wenn sich Boxer im Ring die Birnen einhauen. Kickt bei mir gar nicht. Oder es kickt sie, wenn sie Leute im Internet fertigmachen, so richtig mies über sie herziehen. Geht mir ganz vorbei. Oder wenn sie sich »Aktenzeichen XY« im Fernsehen anschauen und die ganze Zeit den Kopf schütteln, weil es so grässliche Menschen da draußen echt gibt, aber tatsächlich genießen diese Zuschauer jeden Moment der Sendung. Ich langweile mich bei »XY« zu Tode. Oder wenn sich bei der Formel 1 mal wieder 'n Auto überschlägt. Dann tun alle betroffen, aber in Wahrheit lebt die Formal 1 von solchen Unfällen oder wenigstens von der Spannung, dass was passiert. Ohne die Erwartung würde keiner mehr zugucken. Ich gucke nie Formel 1.

Bei jedem kickt was anderes, kapiert? Ich fand es einfach geil, als die Frösche da baumelten. Die meiste Zeit sind sie stumm, aber wenn ein Pfeil ganz dicht neben ihnen landet, machen die *Quok*. Einmal ganz kurz: *Quok*. In einem ganz bestimmten Ton, ziemlich tief. Wie heißt das? Bass, glaub ich. *Quok*. Das ist echt zum Totlachen. Ihr müsst das selbst mal ausprobieren. *Quok*.

Aber wenn man einen Frosch trifft, ist die Stimme höher – *Quaaak*. Und dann ist die Luft raus. Ein pfeifendes Geräusch, dann Ende. Spiel mir das Lied vom Tod.

Ich war immer fair. Wenn ich einen Frosch zehnmal verfehlt hab, hab ich ihn freigelassen. Ist vorgekommen. Ehrlich.

Also, wegen dem ollen Finnen noch mal und weil alle glauben, dass ich ihn mit einem Frosch verwechselt hab … Wir waren auf der Suche nach Isabel. Wir hatten uns aufgeteilt, okay, waren aber immer in Rufweite. Ich hab Tarek und Marc gehört, die haben mich gehört … Nur Jana hat nie gerufen. Was soll's? Sie ist ein Mädchen, sie kann ihn nicht erwürgt haben. Oder? Mir ist schnurzegal, wer es getan hat. Frosch hin oder her, ich war's nicht. Das ist alles, was ich dazu sage.

Mir war die Sucherei irgendwann zu blöd. Scheiße, war das kalt! Hab meine Zehen fast nicht mehr gespürt. Und das alles nur wegen Isabel. Ja, sie war Tareks Freundin, und Tarek war mein bester Kumpel, deswegen war ich noch lange nicht mit Isabel befreundet. Ich glaub, sie hat ein bisschen auf mich herabgeguckt. Hat mich nie ganz ernst genommen. Hat mich damit aufgezogen, dass ich keine Freundin hatte. Dabei war sie mit schuld daran, dass ich mit Burime Schluss gemacht hab. Sie hat immer gesagt, ich soll es doch mal bei Franzi oder Dörte probieren, die würden sich schon lange nach einem Kerl sehnen.

Sie hat Tarek nach Strich und Faden betrogen, da bin ich mir sicher. In den Ferien wahrscheinlich. Im Internet hab ich Fotos gefunden, echt krass …

Tarek hat immer was geahnt und war furchtbar eifersüchtig. Das war so eine Art, uns zu zeigen, dass er alles im Griff hat. Gar nix hatte er im Griff. Wie alle Angeber hat er sich stärker und größer gemacht, als er war. Hat sich von Nooa, der einen Kopf kleiner war, umhauen lassen. Hat behauptet, der Zottelhaartyp hätte Isabel entführt. Und, was war? Nix war. Ich hab an diesem Tag gemerkt, dass Tarek aus heißer Luft besteht. Nooa hat mir die Augen geöffnet. Nooa hat gesagt, der olle Zausel hat nix mit Isabels Verschwinden zu tun, und Nooa hat Tarek mir nix dir nix mal einfach so durch die Luft gewirbelt und wie einen Sack Mehl zu Boden geworfen. Autsch, das hat wehgetan. Haha. Dann konnte Tarek sich mal die Welt von unten angucken.

Nooa hat echt Eindruck auf mich gemacht. Der hat wirklich was drauf und grölt es noch nicht einmal angebermäßig in die Welt hinaus. Von dem Moment an war Tarek für mich gestorben.

Okay, haha, das hätte ich jetzt vielleicht nicht sagen sollen.

Zuerst war es nur ein kleiner roter Fleck im unendlichen Weiß, nicht größer als eine Euro-Münze. Franzi fiel er nur deswegen auf, weil sie vor Erschöpfung stehen geblieben war. Das Seitenstechen während ihrer Flucht in Richtung Camp war unerträglich geworden. Sie beugte sich vornüber und dachte, sie würde nie wieder zu Atem kommen. Da sah sie diesen merkwürdigen Tropfen.

Eine Armeslänge entfernt einen zweiten.

Ein Stück weiter den dritten.

Ihr Blick folgte der Blutspur, die immer deutlicher wurde. Größere Kleckse wechselten mit ganzen Strängen wie aus der Spritze, schließlich mit riesigen Flecken, als hätte jemand eine ganze Tasse Blut ausgeschüttet.

Ein Hase, der von einem Fuchs erlegt worden war?

Am Ende des Blickfelds, kurz bevor das Dickicht des Waldes anfing, lag etwas. Als Franzi sich näherte, erkannte sie den Umriss eines menschlichen Körpers mit dem Gesicht im Schnee. Links von ihm lag das kaputte Funkgerät im Schnee, rechts ein Gewehr, das vermutlich Arttu Rinne gehört hatte.

Mit einem Ruck drehte Franzi den reglosen Körper herum. Tareks Kehle war durchgeschnitten und seine weit aufgerissenen Augen starrten sie ausdruckslos an.

Franzi rannte, rannte um ihr Leben. Sie spürte keinen Schmerz mehr, keine Kälte, nicht den Schnee unter ihren Füßen.

Nur Angst. Eine Angst, die ihr die Kraft zum Laufen verlieh. Eine Angst, die kein Denken mehr zuließ.

Sie stolperte, fiel über eine Wurzel.

Stand auf. Lief weiter.

Ein Zweig peitschte ihr ins Gesicht, traf sie auch im Auge. Sie schloss es, hielt die Hand davor, sah nur noch halb. Betrachtete die Hand. Darauf war Blut.

Kein Laut kam über ihre Lippen, außer das laute, luftknappe Atmen.

Gleich in die erste Hütte des Biwaks stürmte sie hinein, obwohl es nicht ihre war, sondern Nooas. Er konnte noch nicht zurück sein, ihr Schutz und Sicherheit geben, aber sie wollte sich darin verschanzen, verriegeln, die Läden schließen, sich mit einem Schürhaken bewaffnen, die Ohren zuhalten, nichts mehr mitkriegen von der feindlichen Welt da draußen. Wie ein Kind, das die Augen schließt, um nicht gesehen zu werden.

Doch sie war nicht allein in dieser Hütte.

DÖRTE

Die Blicke sind das Schlimmste. Alle sehen mich seit Tagen auf diese spezielle Weise an: meine Eltern, die Nachbarn, meine zwei Omas, der Schachklub in meiner kleinen Heimatstadt, bei dem ich früher mal gespielt habe, sogar der Briefträger. Ohne den Mund aufzumachen, sagen mir die Leute: *Armes, armes Mädchen.* Was hat sie nicht alles in Finnland durchgemacht. Jedes Mal, wenn ich das Mitleid spüre, ist es, als würde ich kleiner werden. Nicht viel, nur ein kleines, unmerkliches Stückchen, das Zehntel eines Millimeters.

Nicht erst, seit wir aus dem Moor zurück sind, schrumpfe ich jeden Tag ein bisschen. Das geht schon seit zwei, drei Jahren so. Ich bin längst ein Zwerg. Oft kriege ich nur schwer Luft, liege dann im Bett und versuche, die nächste Minute zu überstehen. Betrete ich einen Laden, schaue ich mich um, ob mir darin Gefahr droht, jemand dort ist, dem ich nicht begegnen möchte. Gehe ich an den Gartenzäunen der Leute in unserer Straße vorbei, hoffe ich, dass mich keiner anspricht. Ich gehe mit gesenktem Kopf, schaue stur auf den Bürgersteig vor mir. Manchmal kriege ich kein Wort heraus, antworte nur mit Bewegungen des Kopfes.

Wenn man selbst kleiner wird, dann scheint die Welt um einen herum größer zu werden. Und Größe hat immer etwas Bedrohliches an sich, oder?

Mich lähmt sie.

Mich lähmt die Schönheit anderer Menschen, mich lähmt die Offenheit von Menschen, ihr Humor, ihre Geselligkeit, ihr Hang zur Selbstdarstellung, ihre fantastischen Pläne. Diese Dinge sind für mich Pfeile, vor denen ich in Deckung gehen muss. Ja, ich gehe in Deckung. Ich verschließe mich vor ihnen. Es kommt vor, dass mich ein Pfeil trifft, und dann geht es mir schlecht, noch schlechter als sonst. Dann liege ich tagelang im Bett und nenne es Asthma. Das ist mein Wort dafür. Passend, nicht wahr? Asthma raubt einem die Luft zum Atmen, es kommt überfallartig aus dem Nichts, es schränkt dein Leben ein. Du lebst in andauernder Angst davor, und eines Tages könntest du sogar daran sterben.

Meine Eltern haben sich das vor Jahren so zurechtgelegt und sind die wahren Erfinder des Ganzen. Sie brauchten eine Erklärung, warum ihre Tochter mal wieder flachlag – Asthma. Damit machten sie es nur schlimmer, denn jeder wusste, dass ich kein Asthma hatte. Im Lauf der Jahre ist mir diese Krankheit, die ich nie hatte, trotzdem zur Gewohnheit, zum Rückzugsort geworden. Sie ist wie ein Versteck für mich – es ist eng dort drin, finster und stickig, es ist ein grauenhafter Ort, aber ich bin einigermaßen sicher. Wenn mir alles zu viel wird, wo auch immer, kriege ich einfach einen Asthmaanfall und kann ein paar Tage lang der großen lauten Welt entkommen.

Wenn jemand von Gift gelähmt wird, würde er nicht anfangen, das Gift zu hassen? Und vor allem denjenigen, der ihm das Gift eingeflößt hat? Wie könnte ich nicht die Schönen verabscheuen, die so tun, als wäre ihr Aussehen ihr eigener Verdienst, als wäre es nicht bloß das Resultat einer zufälligen Kombination von Genen? Die Starken, die so tun, als wären sie unsterblich. Alle, die sorgenfrei und dumm durchs Leben gehen. Alle, die meinen, Mitleid mit mir haben zu müssen. Es ist mein gutes Recht, sie zu hassen.

Ja, auch Franzi. Und zwar schon seit Jahren. Auch so eine, die glaubt, Mitleid wäre ein Gefühl, auf das Menschen wie ich Wert legen. Ich weiß, dass auch sie nicht richtig dazugehört und deshalb ihre Probleme hat. Gerade deswegen ist es eine absolute Unverschämtheit, wenn sie sich quasi dazu herablässt, mal Hausaufgaben mit mir zu machen, in der Klasse neben mir zu sitzen und mich pseudomäßig zur Freundin zu erklären. Neben einem Blinden ist der Einäugige König, so hat sie sich das gedacht. Das ist die allerschlimmste, egoistischste Form von Freundlichkeit, die man sich überhaupt denken kann. Und sie glaubt bestimmt auch noch, dass sie es nur gut meint. Die Gutmeinenden, das sind die Schlimmsten. Ich spüre doch, dass sie nichts mit mir anfangen kann. Muss sie auch nicht. Aber dann soll sie mich gefälligst auch links liegen lassen.

Ich habe mich überhaupt nur auf ihr Ich-bin-wie-du-Spielchen eingelassen, weil … na, neben irgendjemandem musste ich in der Klasse ja sitzen. Ich habe Franzis sogenannte Freundschaft immer eher ertragen, als sie zu suchen. Außerdem – mein Hass war ziemlich tief in mir drin. Der war mir selbst gar nicht so bewusst. Der war wie … Der war wie eine luftgefüllte Plastikkugel, die von irgendwas am dunklen, kalten Meeresgrund festgehalten wird und plötzlich durch eine Erschütterung an die Oberfläche ploppt. Und die Erschütterung, ja, das war ...

Nooa.

Nooa

Nooa hat mich beachtet. Nicht voller Mitleid und großmütigem Verständnis. Das hasse ich ja so. Nein, voller echter Zuneigung. Er hat mir Seiten von mir selbst gezeigt, die ich nie bemerkt hatte, hat mich an Orte geführt, innere Orte, wunderbare Orte, die mir neu waren. Wenn er mich angelächelt hat, dann lag so viel Freude darin, und wenn er mich angesprochen hat, dann waren seine Worte sanft und liebevoll. Zuerst habe ich es nicht geglaubt. Wer achtzehn Jahre lang ohne wirkliche Berührung gelebt hat, der will erst mal nicht wahrhaben, wenn jemand die Hand nach ihm ausstreckt. Und wer achtzehn Jahre lang in der Dunkelheit war, der fürchtet sich zunächst vor der Sonne. Als Nooa mich zum ersten Mal anlächelte, zog ich mich in mein Gehäuse zurück wie eine Schnecke, die angestupst wird. Aber dann spürte ich, dass er es ernst meinte, dass er *mich* meinte. Als Lichtstrahl schoss er in mein Leben. Und wer jetzt denkt, ich übertreibe, dem rufe ich zu: Denk, was du willst, ich bleibe dabei. Er hat alles in mir erweckt, was man sich nur wünschen kann: Liebe, Wärme, Spannung, Glückseligkeit, Hoffnung. Das Zusammensein mit ihm war unvergleichlich. Schon allein ihn zu beobachten, seinen Bewegungen zu folgen oder wenn der Wind durch seine langen Haare fuhr, versetzte mich in einen Zustand, den ich ... den ich nicht erklären kann. Ich finde keine Worte dafür. An dem Abend, als Isabel verschwand, stand ich am Fenster seiner Hütte und habe ins warm erleuchtete Innere gesehen. Da war er. Nach einer Weile zog er sich aus. Streifte den Pulli ab. Das Spiel seiner Muskeln im Schein der Lampe ... Dann die Hose ... Seine behaarten Beine … Barfuß lief er auf den Holzdielen, sammelte die auf den Boden geworfenen Kleidungsstücke auf, langsam, so als würde er es genießen, nackt zu sein. Da war ich ihm so nah … Mein Mund berührte fast die Scheibe.

Ich schäme mich nicht dafür, das zu erzählen. Es wäre etwas anderes, wenn meine Hoffnungen sich nicht erfüllt hätten. Dann, ja dann wäre es peinlich für mich. Aber so …

Plötzlich bemerkte er mich. Unsere Blicke trafen sich – und ich schreckte nicht für eine Millisekunde zurück. Ich dachte nur: Jetzt, jetzt, jetzt … Mit dem Rhythmus meines Herzschlags: Jetzt, jetzt.

Dann war ich bei ihm. Er holte mich in seine Hütte. Holte mich in seine Arme.

Wenn Franzi behauptet, dass es nicht wahr ist, ist sie eine gemeine, fiese, hinterhältige Schlampe, auf die ich spucke. Es ist wahr. Es ist wahr.

Es ist wahr.

***

Dörte stand mitten im Zimmer von Nooas Hütte und hielt ein T-Shirt in den Händen, an dem sie roch, als Franzi plötzlich und buchstäblich hineinschneite. Normalerweise hätte Franzi sie gefragt: *Was machst du hier? Was fällt dir ein, in Nooas Sachen zu wühlen?* Doch die Umstände waren alles andere als normal.

»Tarek liegt da draußen«, rief sie. »Er – er ist tot. Überall ist Blut. … Jemand hat …ihn umgebracht.«

Dörte konnte darauf nichts antworten. Umgekehrt wäre es Franzi wohl ähnlich gegangen.

»Wir müssen uns – müssen uns einschließen, bis Nooa zurückkommt. Hörst du nicht, Dörte? Da draußen läuft ein Mörder herum. Arttu Rinne, der Ranger, ist auch tot – erwürgt. Kann sein, dass Tarek ihn umgebracht hat, aber wer hat dann Tarek umgebracht? Isabel ist bestimmt auch tot. Und Mrs. Greenwood. Und Dr. Brecht. Sie sind alle tot, tot, tot. Und wir sind die Nächsten, wenn wir nicht –«

In diesem Moment ging die Tür hinter Franzi auf und Robby, Marc und Jana kamen herein.

»Dein Geschrei hört man bis Helsinki«, sagte Robby.

Franzi wich vor ihnen zurück.

»Was ist los?, fragte Marc. »Wir sehen vielleicht aus wie Yetis, sind aber keine.« Er warf seinen Anorak auf das Sofa. »Ist Tarek schon da?«

Franzi schluckte.

»N-nein. Er l-liegt draußen, im Schnee. Er ist … Er lebt nicht mehr. Jemand hat ihn abge…«

Sie schaffte es nicht mehr, das Grauen noch einmal in Worte zu fassen. Vor einer Minute hatte sie noch unter Schock gestanden und einfach drauflosgeplappert. Aber jetzt stieg ihre Angst vom Bauch in den Kopf, wo sie ein zweites Mal explodierte und augenblicklich zu einer lähmenden Lethargie führte.

Während Marc, Robby und Jana nach draußen liefen, um sich von der schrecklichen Wahrheit zu überzeugen, sank Franzi auf das Sofa.

»Wer tut so etwas?«, fragte sie. »Das kann nur ein sehr kranker Mensch gewesen sein.«

»Das wäre eine Möglichkeit«, erwiderte Dörte.

Franzi sah sie an. »Das wäre *eine Möglichkeit*? Sag mal, geht's noch? Wir sind hier von Leichen umgeben, und du schwatzt daher, als ginge es um die Interpretation eines Romans von Agatha Christie.«

»Ich habe deine ewigen Beleidigungen satt«, rief Dörte.

»Meine *ewigen* Beleidigungen? Wann habe ich dich jemals beleidigt? Ich frage mich nur, wie du so ruhig bleiben kannst. Es muss dir doch klar sein, dass ...«

Franzi unterbrach sich, als ihr Blick auf Marcs Anorak fiel. Aus der Seitentasche ragte ein Schweizer Taschenmesser.

»Oh mein Gott.«

Sie zog es langsam raus.

»Oh mein Gott.«

An der längsten Klinge haftete noch ein wenig Blut.

»Oh mein Gott.«

Noch bevor sie das Messer zurückstecken konnte, kehrten Marc und die anderen zurück.

Franzi stand auf, umklammerte das Schweizermesser mit beiden Händen und hielt es schützend vor sich.

»D-du – du hast Tarek ... Du warst es. Marc war es.«

»Ey, Franzi, bist du total durch, oder was? Sagst du so was, weil ich dich neulich Nacht erschreckt hab?«

»Da ist Blut am Messer.«

»Von dem Hund, du Nullcheckerin. Ich hab damit den Hund erwischt.«

»Der Hund wurde erschlagen.«

»Ja, von Tarek. Aber vorher hab ich den Drecksköter am Bein gestreift. Frag lieber mal Jana, wo sie sich die ganze Zeit rumgetrieben hat. Wir haben sie für fast eine Stunde aus den Augen verloren.«

»Du hast sie wohl nicht mehr alle«, wehrte sich die Beschuldigte. »Ich hab mich verlaufen.«

»Ausgerechnet du, die große Naturkennerin?«

»Ich will Biologin werden, du Pfeife, nicht Pfadfinderin. Und außerdem – wie soll ich Isabel denn bitteschön in den Sumpf gekriegt haben?«

Marc räusperte sich. »Ach, das wisst ihr ja noch gar nicht«, sagte er an Dörte und Franzi gewandt. »Wir haben ... Also, das ist jetzt echt heftig, aber ... Wir haben Isabel gefunden.«

»*Ich* habe Isabel gefunden«, sagte Robby mit einem Stolz, als hätte er ein Pharaonengrab aufgespürt.

»Das ist doch jetzt echt egal«, erwiderte Marc genervt. »Mann, wie bist du denn drauf? Wir reden hier über eine Tote? Und nicht irgendeine. Über unsere Klassenkameradin, Freundin ... Echt, Robby, du bist so ein Klotz.«

»Ist ja gut, sorry, so war das nicht gemeint. Klar ist das schlimm.«

Franzi platzte der Kragen. »Isabel ist tot? Aber was ...? Wie ...?«

»Sie – sie steckt bis zum Bauchnabel in einem Moorloch, aus dem sie nicht mehr herausgekommen ist, bevor ... Tja, bevor Schnee und Eis kamen. So wie es aussieht, ist sie da drin erfroren«, meinte Marc.

»Erstarrt«, korrigierte Robby. »Stehend. Wie eine Eisskulptur. Echt krass.«

»Sag mal«, entgegnete Marc, »gibt es irgendwas, was mit Tod zu tun hat und dich *nicht* antörnt?«

»Steak«, sagte Robby. »Steak törnt mich gar nicht an.«
»Du bist so ein eiskalter – Psycho.«
»Komm mal runter, ja!«
Jana mischte sich wieder ein. »Ich finde diese Unterhaltung ziemlich makaber.«
Franzi ging es genauso. Während die anderen sich stritten, versuchte sie, langsam wieder einen klaren Kopf zu bekommen, was angesichts der Umstände aber gar nicht so leicht war. All die Toten … All die Spinner um sie herum – Sadisten, Clowns, Neider …
Die Tür ging auf und Lasse kam herein. An ihn hatte Franzi gar nicht mehr gedacht. Er war ja mit Dörte zurückgeblieben.
»Wo kommst du her?«, fragte sie ihn und merkte, wie anklagend sie klang.
»Ich bin ein bisschen herumgelaufen.«
»Hier sterben Leute und du läufst zur selben Zeit einfach so herum.«
Sie traute keinem mehr von denen, die im Biwak waren. Isabel war tot, Tarek, der Ranger … Das Einzige, was sie wusste, war, dass sie es nicht getan hatte. Alle anderen Gewissheiten hatten sich aufgelöst.
Da hörte sie ein leises Rauschen, ein Hintergrundgeräusch. Zuerst dachte sie, es käme von draußen, und rannte zum Fenster, um nachzusehen. Doch dann erkannte sie, dass es aus dem Inneren der Hütte kam, genauer gesagt, dem Badezimmer.
»Was plätschert denn da?«, fragte sie Dörte.
»Oh, das ist Nooa. Er duscht gerade.«
»Nooa ist da?!«, rief Franzi.
»Er kam kurz nachdem ihr zur Hütte von dem Ranger aufgebrochen seid. Völlig erschöpft, der Ärmste. Ich habe ihm erst mal einen heißen Tee gemacht. Er hat sich danach sofort schla-

fen gelegt. Stellt euch vor, er hat den Kleinbus gefunden, mit dem Mrs. Greenwood losgefahren ist. Von ihr aber keine Spur. Da ist er umgedreht. Aus Sorge um mich – um uns.«

»Und das sagst du erst jetzt?«, rief Franzi.

»Ja«, erwiderte Dörte zickig. »Geht *dich* doch nichts an, wo er ist.«

Franzi spürte, wie ihr Kopf heiß wurde. »Ich habe jetzt genug von deinen albernen, dämlichen, verrückten Eifersüchteleien. Nooa ist der Einzige, der uns hier heil rausbringen kann, du Schwachkopf.«

Die Ohrfeige, die auf Franzis Wange klatschte, trieb ihr Tränen in die Augen, sodass sie nur noch verschwommen sah. Ihre ganze Verzweiflung über die Situation legte sie in die Bewegung des rechten Armes, holte aus …

Dörte fiel fast zu Boden, musste sich abstützen. Laut ächzte sie auf. Sekundenlang verharrte sie benommen, bevor sie sich wieder aufrichtete. Hätte Marc sie nicht festgehalten, wäre sie über Franzi hergefallen wie eine Furie. Doch sie spuckte – und traf.

Franzi wandte sich ab, wischte sich mit dem Ärmel über das Gesicht. Und dann weinte sie – ganz leise, aber heftig. Sie weinte minutenlang, auch dann noch, als Nooa aus dem Bad kam und Franzi ihn am liebsten geküsst hätte.

»Was ist denn hier los?«, fragte er.

FRANZI

Ich weiß nicht, warum es mir ausgerechnet in dem Moment klar wurde, was los war. Mit einem Mal stand es mir vor Augen. Ob ich das vielleicht der Ohrfeige zu verdanken hatte – weiß ich nicht.

Plötzlich war mein Streit mit Dörte nebensächlich, ja, alles war nebensächlich – nur das eine zählte.

Wir waren in Lebensgefahr. Alle. Außer einer von uns.

Ich ließ mir nichts anmerken. In so einer Situation kann man nicht einfach mit dem Finger auf jemanden zeigen und rufen: *Der war's, haltet den Mörder!* Zwar lag das Gewehr, das Arttu Rinne gehört hatte, draußen im Schnee neben Tarek, aber Tarek war nicht erschossen worden, sondern jemand hatte ihm seine Kehle durchgeschnitten. Der Angriff war so überraschend gekommen, dass ihm das Gewehr nichts genutzt hatte. Das sprach dafür, dass der Mörder sich unter uns befand.

Ich habe mal in einem Krimi gelesen, dass man einen Mörder auch dadurch finden kann, dass man alle anderen Verdächtigen ausschließt. Wenn sich zehn Leute in einem Haus befinden und einer von ihnen wird ermordet, gibt es neun Verdächtige, und wenn acht von ihnen es definitiv nicht gewesen sein können, muss der Verbleibende der Täter sein. Oder so ähnlich. Ich fragte mich also, wer NICHT die Gelegenheit gehabt hatte, Dr. Brecht und Mrs. Greenwood verschwinden zu lassen, Isabel in ein Moor zu locken sowie Arttu Rinne und Tarek zu ermorden.

Einige Zeit lang hatte ich Arttu Rinne in Verdacht gehabt. Er war ein kräftiger, mies gelaunter, unheimlicher Grobian. Der kaputte Jeep, der vor seiner Hütte gefunden wurde, der Anschlag auf Nooa und das zertrümmerte Funkgerät sprachen ebenfalls gegen ihn. Außerdem kannte er die Gegend wie seine Westentasche. Er hätte die Lehrer und Isabel umbringen können, aber es wäre ihm wohl kaum möglich gewesen, sich selbst zu erwürgen, noch dazu mit gefesselten Händen. Und an Tareks Tod war er definitiv unschuldig – es sei denn, man glaubt an meuchelnde Geister.

Als Dr. Brecht zu seiner Vogelbeobachtung aufbrach, waren wir alle zusammen im See baden gegangen, aber jeder von uns war mal weg gewesen und das Baden hatte auch nicht stundenlang gedauert. Das Wasser war ja auch noch ziemlich kalt gewesen. Jeder hätte Dr. Brecht umbringen können. Doch warum? Zieht man diejenigen ab, die selbst unter den Opfern waren, blieb eigentlich nur Robby übrig, der eine schlechte Note nach der anderen von Dr. Brecht kassiert hatte.

Wer für das Verschwinden von Mrs. Greenwood verantwortlich war, musste zuvor den Kleinbus manipuliert haben und somit über ein paar technische Kenntnisse verfügen. Und auch bei dieser Tat stellte sich wieder die Frage nach dem Wieso. Wieso killt jemand Frösche? Einfach so, weil es ihm Spaß macht. Und wieso killt jemand Lehrer? Aus demselben Grund.

Robby ist der perfekte Verdächtige. Trotzdem hat er, meiner Meinung nach, nichts mit den Morden zu tun. Wie, zum Beispiel, hätte er Isabel in den Sumpf locken sollen? Freiwillig war sie da bestimmt nicht mit ihm mitgekommen. Auch den Ranger zu ermorden, wäre sehr gefährlich gewesen, denn Jana, Marc und Tarek trieben sich ja irgendwo herum und hätten ihn beobachten und auf frischer Tat ertappen können. Dazu kommt, dass Robby ein Feigling ist. Er traut sich ja nichts, wenn Tarek nicht dabei ist, und Frösche aufzuspießen, ist auch nicht gerade eine Heldentat. Dörte war, als wir Isabel suchten, die ganze Zeit in Nooas Hütte, wo sie an seinen Sachen schnüffelte. Ihre Klamotten waren völlig trocken, auch die Haare und Schuhe. Wenn sie durch den Schnee gelaufen wäre, müsste ich nasse Hosenbeine oder Ähnliches an ihr bemerkt haben.

Auch Marc hätte Isabel wohl nur schwer irgendwohin ins Dunkel der Nacht locken können. Es musste jemand sein, auf den sie scharf war. Und da gab es nur einen.

Diesen Gedanken zuzulassen, war das Schwerste, was ich je tun musste, und ich habe es überhaupt nur deswegen geschafft, weil ich Angst um mein Leben hatte. Noch heute, wo alles vorbei ist und ich in Sicherheit bin, muss ich mich regelrecht zwingen, darüber zu sprechen. Ich mag es nicht wahrhaben. Aber es ist wahr.

Wer kannte sich aus? Wer wusste, wo es Moorlöcher gibt, die tief genug sind, Menschen darin verschwinden zu lassen? Wer konnte den Kleinbus so beschädigen, dass der nach einer Weile liegen bleiben würde, irgendwo mitten in der Pampa. Und wer konnte die Straßen- und Wegkarte – die Mrs. Greenwood wahrscheinlich benutzt hat, da man sie später nicht im Auto fand – so präparieren, dass sie in die Irre führte, in die todbringende Irre?

Nooa. Immer wieder lautet die Antwort: Nooa.

Ich weiß, er hat angeboten, selbst nach Joensuu zu fahren. Aber er rechnete sich klug aus, dass unsere resolute Lehrerin dieses Angebot nicht annehmen würde, da sie sich mit der Internatsleitung über die Folgen von Dr. Brechts Verschwinden beraten musste. Ich weiß, dass er selbst in ein Moorloch getappt ist, aber ich wette, dass er es sich vorher genau ausgesucht hat, weil es nicht sehr tief war.

Nooa wusste, wann Arttu für gewöhnlich seine Patrouillen fährt. Er stellte den Jeep dort ab und trennte ein paar Kabel ab. Zuerst habe ich mir nichts dabei gedacht, als Isabel Tarek von dem Ausflug zum Haus des Rangers erzählte. Später fiel mir jedoch auf, dass Isabel Arttu Rinnes Jeep überhaupt nicht erwähnte, obwohl der im Carport hätte stehen müssen. Angenommen, nur mal angenommen, dass Arttu Rinne in diesem Moment gerade seine Tour durch den Nationalpark fuhr – dann ergibt alles einen Sinn. Nooa hat das Funkgerät zertrümmert. Nooa hat die Gardine beiseitegeschoben, was Isabel beunruhigte und wofür sie den Ranger verantwortlich machte. Und Nooa ist ganz bestimmt – anders, als er uns weismachen will – auf Isabels Geturtel eingegangen, ja, vielleicht hat er sie sogar dazu ermutigt. Er verabredete sich mit ihr für den späten Abend – und sie tappte in die Falle.

Nur zum Schein machte er sich auf den Weg nach Joensuu, um Hilfe zu holen. Sobald er außer Sichtweite war, änderte er seine Richtung und beobachtete aus der sicheren Distanz heraus das Camp. Was dann in den folgenden Stunden passierte, ahnte er nicht nur, sondern hatte selbst dafür gesorgt. Er schätzte Tarek genau richtig ein. Der ließ sich – besonders nach der Demütigung und der Niederlage bei der Auseinandersetzung – nichts von Nooa befehlen und tat genau das Gegenteil. Zuvor hatte Nooa alles dafür getan, dass Arttu Rinne verdächtigt wurde. Ich bin ja selbst darauf hereingefallen. Natürlich konnte Nooa nicht hundertprozentig wissen, was geschehen würde, aber als der Ranger wehrlos gefangen und allein war, nutzte er die Gelegenheit und erwürgte ihn. Da ich ihm dummerweise erzählt hatte, was Robby mit Fröschen macht, die er in die Finger kriegt, konnte er sich ausrechnen, auf wen der Verdacht fallen würde. Was den Mord an Tarek angeht, bin ich mir nicht sicher. Hatte Nooa vor, heimlich ins Lager zurückzukehren, um in der folgenden Nacht einen weiteren Mord zu begehen? Und ist er dabei von Tarek überrascht worden? Oder hatte er von Anfang an die Absicht, Tarek umzubringen? Wie auch immer, er ging auf ihn zu und stach ihn eiskalt ab.

Ich weiß, welcher Einwand gleich kommt. Dörte hat behauptet, dass sie Nooa durch ein Fenster seiner Hütte beobachtete, etwa zur gleichen Zeit, als Isabel im Moor verschwand. Und dass er sie dann sogar zu sich hereinholte. Aber ich glaube ihr nicht. Entweder war sie gar nicht dort am Fenster. Oder sie war dort, hat Nooa aber nicht gesehen. Wenn es um Nooa geht, ist Dörtes Fantasie – vorsichtig ausgedrückt – lebhaft. Es gibt noch eine dritte Variante, die schrecklichste: Nooa hat sie an diesem Abend tatsächlich davon überzeugt, er würde sie lieben, und sie gibt ihm nun ein Alibi. Genauer gesagt, zwei Alibis. Denn für den Zeitpunkt, als Tarek getötet wurde, behauptet sie, dass er geschlafen habe.

Vielleicht ist ihr gar nicht die Tragweite dieser Lügen bewusst, vielleicht verdrängt sie, was Nooa getan hat, unterdrückt jeden

Gedanken an seine Schuld. Ich kann ihr das gut nachfühlen. Auch ich war nur um Haaresbreite davon entfernt, meinen Mund zu halten. Von dem Moment an, als der Direktor des Nationalparks mit ein paar Männern und winterfesten Fahrzeugen im Camp eintraf – das war nur eine Stunde, nachdem mir aufgegangen war, dass Nooa das Monster ist –, war ich in der Versuchung, niemandem von meinem Verdacht zu erzählen. Das muss man sich mal vorstellen. Ich wollte einen Mörder decken!

Ich glaube, Liebe ist zu allem fähig, zu wirklich allem. Und diejenigen, die in der Liebe zu kurz gekommen sind, tun alles, um jedes noch so kleine Fitzelchen, das sie davon erhascht haben, nicht wieder loszulassen.

Nooa wirkt so cool, so schön, erfahren, klug, so absolut perfekt und wunderbar … Man möchte einfach nicht, dass er der Mörder ist. Ich möchte es nicht, auch jetzt nicht, wo ich ihn beschuldige.

Beweise? Tja … Mir war klar, dass diese Frage kommen würde. Wie kann ich meine Behauptungen beweisen? Die Antwort tut sehr weh – nämlich gar nicht. Ich bin keine Detektivin, keine Polizistin, von Kriminalistik verstehe ich nichts, aber auch wenn man die Leichen der Lehrer in den Moorlöchern findet – ändert das wahrscheinlich gar nichts. Solange Dörte zu Nooa hält … Und das wird sie, dafür sorgt er schon. Er hat fast alle auf seine Seite gebracht, auch Robby und Lasse. Irgendwie hat er es geschafft, die Schwächen und Sehnsüchte von uns zu erkennen. Jetzt ist er mit allen befreundet, außer mit Marc und mir.

Eines Tages ist es dann Dörte, die in eine tödliche Falle tappt. Ich habe sie gewarnt, helfen wird es nichts. Nooa wird sie loswerden wollen, nicht nur, weil sie sein Damoklesschwert ist, sondern weil er sie sowieso nicht leiden kann. Einer wie Nooa mag niemanden. Inzwischen wissen wir, dass er – anders, als er uns auf der Fahrt ins Camp erzählt hat – in Deutschland nicht Medizin studiert und abgebrochen hat, sondern Psychologie. Vielleicht ein Versuch von ihm, mit dem Wahnsinn klarzukommen, der in seinem Kopf abgeht.

Ich kenne das von mir selbst – wir suchen in allem einen Sinn. Man sieht das an den vielen *Warum*-Schildern, die an Orten von grauenhaften Verbrechen stehen. Aber manchmal kriegen wir keine Antwort. Dann bleibt der Tod ohne Sinn, der Mörder ohne Motiv.

Davor, glaube ich, haben wir alle am meisten Angst.

28. Mai 2015

Das waren tolle Tage in Patvinsuo, wirklich unvergesslich. Ich schreibe ja nicht oft hier rein, hab gerade mal nachgesehen, es war vor neun Monaten nach dem Camp in Sibirien, wo ich Gast war. Seither nichts. Aber dieses Camp in meiner Heimat war der Hammer. Alle haben mich gemocht. Den Robby hab ich völlig umgedreht. Am Schluss hat der so was wie Superman in mir gesehen. Lasse hab ich zum Abschied ein Selfie von uns geschenkt. Ich schätze, ein, zwei Jahre lang werde ich bei ihm an der Wand hängen, wenn nicht sogar als Lesezeichen oder so in einem Buch liegen, das er nur aufschlägt, um mein Gesicht zu betrachten. Geil, oder? Nur Dörte kann das toppen. Die wird so was wie einen Schrein für mich anlegen, wenigstens im Geiste. Wird auf Anrufe und Messages von mir warten. Und sie natürlich kriegen – erst mal. Ach ja, und wie Franzi auf mich abgefahren ist … So was mag ich.

Ich hatte einen Riesenspaß, und das ist doch das Wichtigste an so einem Camp, oder? Himmel, war das aufregend. Ist fast alles aufgegangen, das ganze Spiel. Dieser klaustrophobische Lehrer, der ist fast durchgedreht, als ich ihn einsperrte. Und als ich ihn später rausgeholt habe, ist er mir buchstäblich um den Hals gefallen. Danach war es ganz leicht, ihn dahin zu kriegen, wo ich ihn haben wollte. Ein Schubser, platsch, weg war er, kam wieder hoch, hab ihn unter die Oberfläche gedrückt. Nach einer Minute war es vorbei. Das Letzte, was er rief, war mein Name.

Ist das zu fassen? Ich war echt gerührt. Eine Minute vorher hat er mir noch gesagt, wie dankbar er mir für seine Befreiung aus dem Verschlag ist und dass er mich für einen reifen, ausgesprochen freundlichen jungen Mann hält. Einen kurzen Moment lang dachte ich darüber nach, ihn leben zu lassen, aber das ging ja nicht, weil mir die Lehrer im Weg gestanden hätten.

Hab gerade gesehen, dass ich jetzt mehr als zehntausend Likes habe. Die Fotos von mir beim Holzhacken mit freiem Oberkörper haben echt was gebracht.

Die olle Lehrerin ist mir auch auf den Leim gegangen, aber das war ein kleines Risiko. Hab zwar den Tank und die Karte manipuliert, aber dass sie echt ins Moor läuft, konnte ich ja nicht wissen. Scheint aber geklappt zu haben. Weg ist sie.

Den Drecksack von Arttu bin ich endlich auch losgeworden. Sagt der mir doch vor ein paar Wochen ins Gesicht, er würde kranke Typen wie mich zehn Meilen gegen den Wind riechen, und mein Gestank wäre besonders schlimm. Ist ihm nicht gut bekommen. Bevor ich ihm die Gurgel durchgeschnitten habe, hat er vorher noch eins in die Fresse bekommen. Ehrlich, ich mag es nicht, wenn man so hässlich mit mir redet. Ich rede ja auch nicht so.

Tarek hatte ich gleich auf dem Kieker, als ich ihn das erste Mal gesehen hab. Um solche Typen ist es wirklich nicht schade.

Hab ich jemanden vergessen? Ich hab doch irgendjemanden … Mensch, ja, Isabel. War eigentlich schade, weil sie mich gemocht hat. Aber das war so eine … Die wollte *mir* sagen, wo es langgeht. Die mir! Voll die Domina. Arrogant von der Sohle bis zur Haarspitze. Hat sich mir überlegen gefühlt. Konnte das spüren. Klar, sie wollte mich, aber nachdem sie mich gekriegt hätte, wäre ich als zerknüllte Nummer in ihrem Papierkorb gelandet. Ich hab sie so weit vom Camp weggelockt, dass sie schreien konnte, so viel sie wollte. Wie sie da aufrecht in ihrem bunten Neoprenanzug in dem Moorloch stand, in das ich sie gelotst hatte ...Und langsam erfror ... So schön ist selten jemand gestorben. Lasse hat mir ein Foto davon geschenkt, als Gegenleistung für das Selfie von uns beiden.

Die Behörden waren wie üblich kein Problem. Ich glaube, sie haben eher Marc oder Robby als mich verdächtigt. Kein Wunder, wo ich doch Dörte und Lasse habe, die mich mögen und mir den Rücken frei halten. Da spielt es kaum eine Rolle, dass Franzi sich von mir abgewandt hat und mich plötzlich drankriegen wollte. Hexe.

So, das war es mal wieder. Jetzt schnell noch Mama einen Brief schreiben, dass ich über den Sommer nach Hause komme und mich auf ihren tollen Linseneintopf freue. Aber vorher noch in das Camp nach Kanada fliegen. Arbeite dort als Betreuer für eine amerikanische Jugendgruppe. Wird ein Heidenspaß, hab ich so im Gefühl.

Ich frage mich nur, ob ich vielleicht ... Na ja, ich fliege ab Frankfurt und ... Mal sehen, vielleicht statte ich Franzi einen Überraschungsbesuch ab. Dörte hat mir verraten, wo sie wohnt.